Titolo originale *Tremor*

www.einaudi.it

ISBN 978-88-06-21222-3

Teju Cole

Tremore

Traduzione di Gioia Guerzoni

Einaudi

Tremore

Uno

Le foglie scure sono lucide e dai fiori avvizziti arriva un profumo che potrebbe essere gelsomino. Prepara il treppiede e inizia a mettere a fuoco. Ha scattato due volte quando gli gridano qualcosa dalla casa a destra. Non è la prima volta che gli succede, ma sussulta comunque. Risponde sforzandosi di assumere un tono cordiale, dice che è un artista, che sta solo fotografando una siepe. Non puoi, è proprietà privata, dice la voce. Sente i muscoli della schiena tendersi. Smonta il treppiede, infila la macchina fotografica nella borsa e se ne va.

Lunedí va in dipartimento, dove lo aspettano la posta e pacchetti vari, e trova una busta bianca con il lembo bordato di nero. Ne arrivano due o tre al mese, per annunciare ufficialmente la dipartita di membri passati e presenti del corpo docente. La busta è quasi quadrata. Si siede e la apre. Anche il biglietto ha il bordo nero. È mancato un professore emerito di microbiologia, che non ha mai conosciuto. I biglietti seguono una formula precisa: la preside esprime il suo cordoglio con parole antiquate. Una morte «avvenuta il sei corrente» significa che si è verificata il sei di quel mese; «il quindici ultimo scorso» è il quindici del mese prima. Si è messo a collezionarli, a considerare quella formalità pretenziosa come un'eco delle antiche gramaglie, le sete e le garze delle gonne che le vedove indossavano all'epoca della Guerra civile, i veli neri, i guanti neri e i gioielli neri per mostrare alla società che si era in lutto.

L'ordine simbolico dei colori non si usa piú ormai, quel distinguere tra lutto totale, pieno o parziale nelle gradazioni di nero, grigio, porpora, lavanda.

Sulla sua scrivania ci sono due libri: *Le città invisibili* di Calvino e una traduzione dell'*Epopea di Sundjata* con le versioni di due djeli, Bamba Suso, che ha già finito di leggere, e Banna Kanute. Su un ripiano della libreria c'è una boccetta di inchiostro scuro che gli ha spedito Paul Lanier. L'inchiostro è ottenuto da uva selvatica raccolta vicino ai binari della ferrovia di St Louis ed essendo fatto in casa ha cambiato colore. Nella boccetta sembra ancora intenso, quasi viola, ma spennellato sulla carta assume una sfumatura pallida che ricorda il mare. Ma «il mare» in che senso? Quando diciamo che il mare è blu, pensiamo a un azzurro chiaro, simile al colore del cielo. E il mare a volte è cosí, altre volte una versione piú scura, ma spesso con il blu non c'entra affatto: a volte è arancione, oppure grigio, o viola con l'iridescenza del πορφύρεος di Omero, e a volte è solo acqua trasparente, incolore. Al crepuscolo passa dall'argento al peltro. Nelle notti senza luna è nero.

Prende la boccetta d'inchiostro: *African Violet*, un lavanda antico, un viola infestato dall'indaco nei suoi toni piú bassi. Adora la falsa rete di etimologie evocata da quel nome: la tenerezza di una viola, la tensione di un violino, l'accenno alla violenza. Non il viola dei vescovi medievali e dei professori universitari, ma il viola della pelle africana piú scura. I dipinti di Mark Rothko, Agnes Martin, Lorna Simpson, ma soprattutto quelli di Chris Ofili, come *Maria Maddalena*, che nel registro inferiore è di un viola cosí profondo che lo sguardo sembra annegare, e il *Risveglio di Lazzaro*, dove c'è un viola cosí elementare da far resuscitare i morti. La stoffa tinta e filata a mano che aveva recuperato dall'armadio di sua nonna pochi mesi dopo che era morta. Grigio per il lutto, viola per l'amore.

Nel fine settimana decidono di andare nel Maine a curiosare nei negozi di antiquariato. Ci vuole un'ora e mezza per arrivare e nel breve tratto di strada attraverso il New Hampshire si scambiano posto e lei si mette al volante. L'idea è di esplorare una piccola parte del Maine meridionale, fino a Kennebunk, facendo tappa nei vari negozi. Hanno a disposizione tutto il pomeriggio. In un grande emporio di York lui ammira una mappa ottocentesca del Nordamerica disegnata a mano da un bambino. Alla periferia di Ogunquit ci sono dei cartelli propolizia con la scritta «Blue Lives Matter» che in città lasciano il posto a bandiere arcobaleno. A Wells si fermano davanti a un grande negozio su due piani, in un edificio che potrebbe essere stato un granaio. È pieno di mobili, dipinti, oggetti in vetro e porcellana, molti dei quali risalgono all'inizio o alla metà dell'Ottocento e altri ancora sembrano piú antichi. Si separano. Lei guarda uno scrittoio a ribalta di acero in stile coloniale. Lui osserva stupito un assortimento di maschere e sculture di legno, tre sicuramente africane, le altre forse del Pacifico, oppure asiatiche o native americane. Viene subito attirato da un elegante copricapo a forma di antilope con le corna lunghissime, un ci wara. È alto quasi un metro e mezzo e sembra molto antico, il legno ha una patina scura, ma le informazioni sul cartellino sono vaghe. È una scultura dalle linee sinuose, intagliata a traforo, che rappresenta una femmina di antilope con un cucciolo sulla schiena; il piccolo è una miniatura della madre, ma in proporzione ha le corna piú corte. Ai ci wara i Bambara attribuiscono il merito di aver portato l'agricoltura all'umanità: durante le danze per celebrare la semina e il raccolto vengono indossati dai giovani nelle loro forme maschili e femminili.

I due signori che gestiscono il negozio di antiquariato hanno di sicuro ben piú di ottant'anni e il loro costante scambio di battute fa pensare a una scenetta comica perfezionata nel tempo. A Tunde dicono che sono cognati, ma che spesso vengono presi per fratelli. Uno dice all'altro che è troppo vecchio per essere suo parente, l'altro ribatte che non è abbastanza bello. Tunde chiede a quello che sembra un po' piú giovane se sa qualcosa in piú del ci wara, ma lui dice solo che la scultura «potrebbe essere autentica».

Tunde si chiede cosa significhi davvero il termine «autentico». Che questo particolare ci wara è stato usato per le danze campestri di un festival bambara? O che, indipendentemente dal suo utilizzo, non è stato creato per il commercio turistico, ma da un Bambara per altri Bambara? A prescindere dalla sua storia, era finito in un negozio sulla costa del New England, in mezzo ad altri tesori che i bianchi si erano procurati, con le buone o con le cattive maniere, in tutto il mondo. In Occidente l'amore per l'«autentico» fa sí che i collezionisti tendano a separare gli oggetti africani dal loro contesto. Meglio non nominare l'artista, meglio che sia morto da tempo. Strano ma vero, l'espropriazione del creatore conferisce un valore monetario all'oggetto, che può diventare ancora piú prezioso qualora se ne racconti il ruolo nella storia dell'arte moderna europea.

Una volta Tunde ha visto un ci wara femminile, simile a quello che sta guardando ora, venduto all'asta per 400 000 dollari. Quegli zeri, lo sa bene, hanno a che fare con il velo di parole magiche che la casa d'aste ha avvolto sull'oggetto: «raccolto in situ», «acquisito», «esibito». Piú articolata è la storia del pezzo, maggiori sono le somme che possono passare di mano tra venditori e acquirenti. Lí a Wells il ci wara costa duecentocinquanta dollari, un prezzo che sembra risolvere la questione dell'autenticità: non ha «provenienza», quindi ha poco valore. Tunde sente di doverlo salvare. Vuole portarlo piú vicino a casa, piú vicino a casa sua, dove può essere esposto a sguardi piú gentili, sguardi che collocano l'autenticità altrove. Perché il lavoro dell'artista contemporaneo che scolpisce un ci wara da vendere ai turisti dovrebbe essere meno rispettabile di quello dell'artista «tradizionale» che lo crea per la festa del raccolto? Ma non vuole ingannare se stesso. Sono sempre soldi che passano di mano.

Sadako ha deciso di comprare lo scrittoio di acero. È compatto e nel retro del Suv che hanno noleggiato dovrebbe starci. All'ultimo minuto Tunde ha dei dubbi sul ci wara, ma Sadako insiste: devono comprarlo. Vanno all'ingresso, dove la trave alle spalle dei venditori è ricoperta di fotografie, vignette e ritagli di vecchie pubblicità. Dietro il bancone c'è un biglietto di auguri firmato da Laura Bush, dettaglio che non lo sorprende, visto che la proprietà della famiglia Bush è a quindici minuti di macchina, a Kennebunkport, e che questa parte del Maine piace molto all'ala piú raffinata dei repubblicani. Su una colonna di legno vicino al bancone, tra volantini sbiaditi e avvisi plastificati ormai deformi, vede un foglio fotocopiato, consumato dal tempo e senza data, con una scritta a lettere maiuscole:

> FATTORIA WELLS. QUESTA PROPRIETÀ FU FONDATA NEL 1657 DAL DOTTOR THOMAS WELLS. NELL'AGOSTO DEL 1703 SUO NIPOTE DEACON THOMAS USCÍ A CERCARE UNA BALIA PER SUA MOGLIE SARAH (BROWNE), CHE LA SERA PRIMA AVEVA DATO ALLA LUCE UNA FIGLIA. MENTRE ERA VIA, LA CITTADINA DI WELLS FU ASSALTATA DAGLI INDIANI, CHE ATTACCARONO PER PRIMA QUESTA FATTORIA. SI FECERO STRADA NELLA CASA A COLPI D'ASCIA E MASSACRARONO LA SIGNORA WELLS, LA NEONATA E GLI ALTRI FIGLI, SARAH DI 4 ANNI E JOSHUA DI 2. POI APPICCARONO IL FUOCO. DOPO QUESTA TERRIBILE TRAGEDIA, IL SIGNOR WELLS PARTÍ PER IPSWICH, NEL MASSACHUSETTS, MA TORNÒ NEL 1718 CON UNA NUOVA FAMIGLIA E RIPRESE POSSESSO DEI SUOI AVERI. LA FATTORIA RIMASE DI PROPRIETÀ DEI WELLS FINO AL 1906.

È il piú anziano che fa la ricevuta. Cerca di calcolare l'imposta sulla vendita con una calcolatrice dai tasti enormi e sbaglia. Ripete lentamente il calcolo e sbaglia di nuovo, arrivando al risultato corretto solo al quarto tentativo. L'apparecchiatura del negozio è rudimentale, evidentemente per scelta. Il lettore in cui Tunde inserisce la carta di credito emette dei bip per qualche istante prima di passare a un suono regolare. L'uomo scrive la ricevuta su un blocco di sottili fogli gialli, poi, con l'aiuto del cognato, avvolge il ci wara in morbida carta bianca. Le loro mani tremanti, ricoperte di chiazze scure, sembrano carezzare la scultura mentre la vestono di candidi abiti vaporosi, come una sposa. Le corna dell'antilope spuntano attraverso la carta sottile. Cosí vestito, il ci wara sembra leggero come l'aria. Maneggiandolo con cautela, Sadako lo deposita nel Suv. Tunde sfila i tre cassetti e li porta alla macchina, poi prende lo scrittoio.

Le oche selvatiche si chiamano librandosi nel crepuscolo. Il cielo e il suono sono un tutt'uno. Di fronte al granaio c'è una casa con un secondo piano e una veranda chiusa che sono stati chiaramente aggiunti di recente. Tra la casa e il granaio svetta il grande albero antico sotto il quale è parcheggiato il loro Suv. Tutto il tempo è adesso.

Sulla I-95 i fari illuminano la strada. Le note di *If You Don't Believe* di Deniece Williams, uno dei pezzi preferiti di Sadako, riempiono l'abitacolo. Mentre ripensa a Wells, Tunde sente un nodo che si disfa nella mente. Dopo quasi trent'anni in America, le sue simpatie hanno preso certe direzioni. Ha imparato presto che l'espressione «terribile tragedia» significa che le vittime erano bianche. Poi, vivendo le esperienze piú amare, ha capito che nelle tragedie c'è sempre altro, non solo quello che viene raccontato, che la narrazione non è mai neutrale. Ma quello che gli sta succedendo ora è piú strano: prova una totale mancanza di empatia per la famiglia Wells, tanto che fatica persino a immaginarsela. Una reazione cosí intensa è una sfumatura nuova in lui, brutale. Ma è davvero brutale? Non riesce a dimenticare che, nel periodo della cosiddetta terza guerra indiana, gli Abenaki erano stati cacciati dai coloni, cacciati da chi era convinto di avere il diritto divino di impadronirsi delle loro terre, di avere il diritto di ucciderli se avessero opposto resistenza.

Ma quella fotocopia nel negozio di antiquariato raccontava un incubo di violenza insensata da parte degli indiani nei confronti di gente «come noi». Piú tardi, Tunde avrebbe trovato i nomi e le date di nascita dei figli di Deacon Wells nei registri della contea: Sarah Wells, 9 marzo 1699; Joshua Wells, 9 ottobre 1701. Gli indiani invece erano senza nome e, brandendo l'ascia, avevano ucciso e scotennato e bruciato tutto. Eppure Deacon Wells era tornato quindici anni dopo portando con sé una nuova moglie, una cugina di Salem che gli aveva dato tre figli. Tutto ciò che aveva perduto gli era stato restituito, come a Giobbe. Con il tempo la pace tornò. Il problema degli indiani fu eliminato e Deacon Wells visse a lungo, fino all'agosto del 1737, quando rese l'anima al Signore. Il suo testamento, convalidato un mese dopo, diceva: «Dono e lascio in eredità alla mia adorata moglie Lydia Wells tutti i miei beni di ogni genere e tipo, [e] il mio negro Jeff».

Il fine settimana successivo cenano dalla loro amica Emily Brown, in Dana Street, a dieci minuti a piedi da dove abitano, su Ellis Street. È una serata calda, con un'atmosfera piú da fine estate che da inizio autunno. A tavola, Tunde accenna alla gita a Wells. Il suo resoconto delle violenze nella fattoria spinge Mariam, la compagna di Emily, a parlargli di un libro pubblicato nel 2007 da Susan Faludi. *Il sesso del terrore*, dice Mariam, collega il machismo della presidenza Bush all'antica ossessione americana per le narrazioni sulla cattività, una tradizione iniziata in epoca coloniale e finalizzata a proteggere le donne bianche dagli invasori dalla pelle scura. Piú tardi, a casa, Tunde cerca il libro online e vede che la biblioteca della Kennedy School ne ha una copia.

Il martedí, un'ora prima di tenere il suo seminario sul colore nel digitale, attraversa il cortile del campus, passa per Harvard Square e percorre John F. Kennedy Street fino al complesso in mattoni della Kennedy School. Gironzola per la biblioteca e, appena prende posto con una manciata di riviste, una bibliotecaria si precipita verso di lui. Vuole sapere se può «aiutarlo», ma lo dice in un tono che Tunde riconosce. Senza dire una parola, si allontana. Trova *Il sesso del terrore* e usa lo sportello automatico.

Mentre prepara la cena, mette l'incisione delle Suite per violoncello di Bach che aveva comprato su tuo consiglio intorno al 2001. In quel periodo eri affascinato dal fatto che le partiture di Bach mostravano di essere nate dall'improvvisazione. La descrivevi come «mente incarnata»: i sensi allertati di un animale in una foresta, ma anche l'attenzione e la forza trattenuta di un cacciatore in un punto diverso della stessa foresta. Bach non stava semplicemente arrangiando delle note, avevi detto a Tunde: voleva trasmettere un senso di ricerca vivo, intenzionale, la cui presenza si avverte soprattutto nelle opere solistiche. L'ascoltatore poteva seguire questo movimento come un segugio, da una frase all'altra, da un argomento all'altro, poteva abitare quel tempo presente, a prescindere da quanto la musica fosse festosa o solenne. Ed era proprio per l'abilità con cui il violoncellista Anner Bijlsma era riuscito a far emergere queste linee melodiche apparentemente improvvisate che ne avevi raccomandato la registrazione a Tunde.

All'epoca di quella corrispondenza, Tunde aveva già sviluppato da tempo una passione per le opere solistiche di Bach. Adorava il debutto con il violino solo di Hilary Hahn, le Variazioni Goldberg suonate al pianoforte da Chen Pi-hsien e l'esecuzione della Partita per flauto solo di Jean-Pierre Rampal. In ciascuna di queste registrazioni aveva trovato quella sfumatura di impersonalità personale che faceva sembrare Bach meno compositore e piú filosofo, consigliere, scienziato, architetto o profeta; tutto tranne che musicista di una corte regionale nella Germania del Settecento.

La tua raccomandazione riguardo a Bijlsma, secondo te dotato della verve di uno schermidore e del portamento di un maestro di danza, lo aveva aiutato a sperimentare questa impersonalità personale in un modo nuovo. Era quasi come se Bijlsma stesse disegnando, avevi detto, piú che suonare il violoncello, tanto precisa era la sua combinazione di attacco leggero e suono ampio. Tunde aveva ascoltato attentamente, e l'esecuzione di Bijlsma era stata molto utile ad arricchire la sua esperienza di opere che già conosceva grazie a incisioni diverse.

Il valore speciale che vedevi nella versione di Bijlsma e che avevi trasmesso a Tunde era forse legato al fatto che in quei giorni ti esercitavi a comporre improvvisazioni libere per pianoforte, un approccio che non aveva tanto a che fare con l'interpretazione di opere preesistenti quanto con uno spirito di scoperta che invitava il pianoforte a rivelarti i suoi segreti in tempo reale. Dicevi che la mente incarnata non era solo l'animale nella foresta e il segugio che lo segue, ma anche la foresta come sistema consapevole, attento al fruscio delle proprie foglie, ai colori mutevoli, all'aria, all'acqua, alla visione panottica di varie parti in movimento, alle interazioni di luce e ombra. Ascolto collettivo, cosí lo avevi definito.

Durante i numerosi conflitti tra nativi e coloni americani i rapimenti erano comuni, e in seguito furono messi al servizio di un mito nazionale. Un terzo delle centinaia di donne bianche rapite dai nativi si era rifiutato in seguito di ricongiungersi alle proprie comunità, affermando di preferire la nuova vita con le famiglie adottive. Ma i membri delle loro famiglie bianche continuavano a credere che salvare una donna sequestrata fosse l'ideale piú alto, indipendentemente da quello che la diretta interessata desiderava. Da ciò scaturirono centinaia di racconti incentrati sulla prigionia, e l'ideale del salvataggio eroico influenzò profondamente la cultura americana, non da ultimo in film come *Sentieri selvaggi* (1956), cucito sul personaggio di John Wayne.

Sentieri selvaggi è la narrazione romanzata della vita di Cynthia Ann Parker, che nel 1836, a dieci anni, fu rapita dai guerrieri comanche. Parker visse con i Comanche per ventiquattro anni, finché non fu riportata dalla sua famiglia bianca contro la sua volontà. Il film presenta una storia di puro eroismo, ma in realtà Parker, che la sua famiglia comanche chiamava Naduah, era diventata moglie di un capo tribú e madre di tre figli. Costretta a rientrare nella società bianca, non riuscí mai a reintegrarsi. Quando, dopo dieci anni, tentò di tornare dalla sua famiglia comanche, fu riportata indietro con la forza una seconda volta. Infine, dopo aver perduto la figlia per una polmonite nel 1871, iniziò a rifiutare il cibo e si lasciò morire lentamente di fame.

Già molto tempo prima, la brutalità dei coloni del New England aveva costretto Metacomet, capo della tribú Wampanoag, a scendere in guerra per difendere il suo popolo. La ribellione di Metacomet – o guerra di re Filippo, come la chiamarono i coloni – fu pagata cara da tutti, ma risultò particolarmente devastante per i nativi del New England. Nel 1675 i coloni bruciarono vivi seicento membri della tribú Narragansett, di cui circa la metà donne e bambini, nel Rhode Island. Nel marzo del 1697 un gruppo di Abenaki, mirando alla ricompensa che i francesi avevano offerto per gli scalpi britannici, attaccò il villaggio di Haverhill. Uccise ventisette persone e ne rapí tredici. Tra i prigionieri c'erano Hannah Duston, che aveva appena partorito, e Mary Neff, la sua levatrice. Martha, la figlia di Duston, nata sette giorni prima, venne sbattuta contro una pietra e morí sul colpo. Due settimane dopo, e a oltre cento chilometri da casa, le due donne furono consegnate a un clan abenaki di dodici persone sull'isola Contoocook nel fiume Merrimack, nell'attuale New Hampshire. Insieme a loro c'era Samuel Lennardson, un ragazzo inglese che era stato catturato diciotto mesi prima.

Tunde si mantiene neutrale, leggendo quel catalogo di orrori. Non riesce a capire in che direzione vada la sua compassione o se è semplicemente distaccato, come quando stava pensando alla strage di Wells. Forse il testo di Faludi lo ha affaticato. No, non il libro in sé, ma la brutalità stessa della storia, che rifiuta paragoni e di rado consola. Una notte, mentre la famiglia abenaki dormiva, le prigioniere bianche si procurarono delle asce e si misero all'opera. Due dei nativi, una donna e un bambino, riuscirono a scappare; quanto agli altri, Mary Neff ne uccise uno e Hannah Duston nove, per un totale di due uomini, due donne e sei bambini. Duston e Neff fuggirono, ma a poca distanza dall'accampamento si ricordarono che il governo del Massachusetts offriva una taglia, però solo in presenza di prove. Tornata all'isola, Duston prese gli scalpi e si rimise in viaggio con gli orribili trofei. I nomi delle vittime rimasero per sempre ignoti.

Quando la notizia delle sue imprese si diffuse, Hannah Duston diventò un'eroina dallo status ambiguo. Aveva fatto una cosa ben strana per una donna, e molti pensavano che fosse stata troppo crudele. Le leggende richiedono chiarezza – chi è il nemico, chi è la vittima, chi è l'eroe – e, se questa viene a mancare, tutto è perduto. Gli indiani andavano massacrati, certo, e scotennati, ovvio, ma non era lavoro da donne.

Citando la storica Mary Beth Norton, Faludi collega l'idea dell'attacco indiano a quella della caccia alle streghe. Le ragazze che in quel fatidico ultimo decennio del XVII secolo furono accusate di stregoneria a Salem, nel Massachusetts, erano spesso orfane che avevano perso uno o entrambi i genitori nelle guerre di frontiera. C'era per esempio Mercy Short, che nel 1690 era stata rapita da guerrieri abenaki a Salmon Falls, nel New Hampshire. Fra i trentaquattro abitanti del villaggio uccisi durante l'attacco c'erano i suoi genitori e tre dei suoi fratelli. Liberata otto mesi dopo con un riscatto, venne assunta come domestica a Salem da una vedova di nome Margaret Thacher. Nel 1692, dopo essere passata dalla prigione di Boston, dove erano trattenute alcune donne accusate di stregoneria, Mercy Short cadde a terra in preda alle convulsioni, «stregata». Senza dubbio era stata traumatizzata dalla recente prigionia e dagli orrori a cui aveva assistito. Interrogata da Cotton Mather, pastore fanatico laureato a Harvard, Short disse di aver visto il diavolo, «un uomo basso e nero». Ma, precisò, «non era negro, ma color cuoio, come gli indiani».

All'improvviso Sadako rientra dal lavoro e distoglie Tunde da tutti quei pensieri. Parlano per un attimo. Lei rimane al piano di sotto. Lui va di sopra, nello studio. Anche se la stanza è illuminata da una sola lampada, Tunde continua a leggere. Il conflitto tra gli spiriti del mondo invisibile e la gente del New England aveva indotto Mather a pensare «che questa guerra inspiegabile potesse avere in parte origine tra gli indiani», in mezzo ai quali, secondo lui, c'erano «orribili stregoni ed evocatori infernali» che «conversavano con i demonî». La paura dell'invasore indiano si diffuse soprattutto nelle cittadine ai margini degli insediamenti, cittadine che i coloni consideravano una sorta di zona di confine tra l'ordine e il disordine, il cristianesimo e la barbarie, Dio e il diavolo. La famigerata caccia alle streghe che scosse la colonia di Salem nel 1692 e travolse ventiquattro anime innocenti, quasi tutte donne, quasi tutte uccise per impiccagione, ebbe inizio con la falsa accusa mossa a Tituba, una schiava di probabile origine taino o caraibica, descritta dai vicini semplicemente come «indiana». Dopo essere stata picchiata e torturata, Tituba ammise di essere una strega e scampò all'impiccagione solo perché confessò e, costretta, accusò altre donne. Ma l'uomo che l'aveva fatta schiava a Barbados e la teneva in casa a Salem, il pastore puritano Samuel Parris – un altro laureato di Harvard –, decise di venderla mandandola incontro a un destino forse ancora piú brutale. Dopo quella seconda cessione, Tituba, che era stata obbligata a lasciare la figlia ancora piccola dai Parris, scompare dai documenti storici. Quando il reverendo Parris morí ventotto anni dopo, nel 1720, la figlia di Tituba fu lasciata in eredità a Samuel Parris junior e da quel momento della ragazza non si sa piú nulla a parte il nome, scritto nel testamento del vecchio: *Violet*.

Due

Masako e Sean se ne sono andati. Sadako è già a letto. Le serate non sono ancora abbastanza fredde da richiedere la giacca e Tunde, che è rimasto con Rae in terrazza, versa altro whisky. Saturno e Giove sono bassi stanotte e la luna, che tre giorni fa era piena, sta calando. Non è esperto di astronomia, ma conosce qualche nome e riesce a fare delle ipotesi: Sirio, Arturo, i pianeti piú luminosi. Alle sue spalle, dove il cielo è piú scuro, la galassia pulsa e all'improvviso Tunde si ricorda che sul cellulare ha un'applicazione che non usa quasi mai. Quando aveva dodici anni, racconta a Rae, rimaneva spesso nel giardino della loro nuova casa di Ojodu a guardare le stelle. I cieli erano perfettamente bui allora, lí in una zona ancora verde ai margini della città. Una notte, ricorda, era con Michael, il domestico. Se fosse vivo ed esistesse il modo di trovarlo, avrebbe quasi cinquant'anni, e lui fatica a immaginarselo. All'epoca Michael era un ragazzo serio, magro, con la pelle giallastra che sembrava tesa sul cranio. Aiutava in casa e non andava a scuola, il che era ingiusto ma non insolito. Quella notte stavano guardando la luna e Tunde aveva detto che gli sembrava incredibile che l'uomo ci avesse messo piede. Michael aveva riso. Non ci è andato nessuno sulla luna, aveva detto, ridendo di nuovo. A quel punto Rae gli racconta come è stato crescere in Alabama e andare allo Space Camp. Io avevo il problema opposto, dice Rae. C'erano immagini di astronauti ovunque. I viaggi spaziali erano cosí reali che avevano perso la loro magia.

Il mattino dopo sta per entrare nella doccia ben calda quando vede che non c'è sapone. Non lo trova negli armadietti, né quello alla lavanda che piace a lui né quello bianco semplice che è il preferito di Sadako. Decide di usare una delle due saponette speciali che aveva tenuto da parte. L'altra rimarrà per sempre intatta. Le aveva comprate in una delle gallerie di Kassel durante documenta 14. Il sapone grezzo era impilato e impacchettato sul posto, ogni pezzo in una scatola di cartone grigio scuro e ogni scatola firmata con il nome dell'artista: Otobong Nkanga. Secondo Nkanga, il circuito di produzione e distribuzione, l'inserimento di commercio, artigianato, installazione, scultura, performance e attivismo in uno spazio espositivo, era fondamentale per la sua idea di arte. I proventi della vendita del sapone sarebbero stati utilizzati per sponsorizzare altre iniziative: una nuova fondazione, uno spazio dedicato all'arte nella sua casa ancestrale di Akwa Ibom.

Gusci, bucce di platano o fronde di palma vengono essiccati e bruciati. Alle ceneri si aggiunge olio di palma o burro di karité, a volte anche delle erbe, e la miscela viene stagionata per creare un sapone morbido, nero. Il sapone di Nkanga era fatto seguendo i metodi tradizionali ma con sette tipi di olio e burro provenienti dall'Africa, dal Medio Oriente e dal Mediterraneo che nell'ultima fase della preparazione venivano miscelati con il carbone. Ora che si sta lavando con quello, Tunde si ricorda che da piccolo detestava il sapone nero, l'ose dudu. Era un bambino di città e disprezzava tutto ciò che non aveva una bella confezione con le scritte sopra, o che dall'odore sembrava fatto in un villaggio. L'ose dudu era come l'àgbo, l'intruglio di erbe medicinali a cui si ricorreva per i disturbi piú vari. Trovava entrambe le cose un po' imbarazzanti. Non vedeva che bisogno ci fosse del sapone nero quando esistevano ottime marche da farmacia, come Joy e Imperial Leather. Usava il sapone nero solo per accontentare i suoi genitori o i nonni e lo associava alla loro insistenza.

Ora cerca di ricordare. Si erano trasferiti a Ojodu prima che Michael andasse a vivere con loro? Quando era partito per gli Stati Uniti, cinque anni dopo, Michael ormai non c'era piú. Abitavano in una zona isolata, con poche case qua e là. Il trasferimento della famiglia da Ikeja li aveva costretti a instaurare una nuova relazione con la città. All'improvviso tutto era piú lontano, e bisognava passare molto piú tempo in macchina per andare a scuola o in chiesa o a trovare gli amici.

Ma lui e le gemelle avevano anche dovuto fare i conti con un territorio diverso. La scarsità di strade asfaltate significava viaggi faticosi per tornare a casa da scuola, piú tempo avvolti nelle enormi nuvole di polvere rossa che impregnavano l'aria della città, polvere che sporcava vestiti e corpi, tranne quando l'auto era chiusa e il condizionatore acceso. Ma il condizionatore si rompeva spesso e lui e le sue sorelle finivano per respirare parecchia di quella polvere. Questo si rivelò il minore tra i loro problemi di inquinamento. A sette o otto minuti a piedi da casa c'era un bitumificio, con tre ciminiere che sputavano fumo nero (una crudele ironia tipica di Lagos: vivere vicino a un bitumificio in una zona con poche strade decenti). Il fumo nero conteneva grandi quantità di residui che si depositavano ovunque. Intorno all'impianto l'aria era quasi irrespirabile e il fumo viaggiava lontano, diffondendosi in tutto il quartiere.

Per cinque anni aveva fatto parte della sua vita. Trasferirsi era fuori discussione. Era la casa di famiglia, l'avevano costruita i suoi genitori, la prova tangibile delle loro fatiche. La Nigeria era sotto dittatura militare e la fabbrica apparteneva a una multinazionale. In un Paese pieno di decreti ma essenzialmente anarchico, a chi si poteva sporgere reclamo? La sua famiglia era impotente davanti al dominio di quel fumo che brillava grigio nel sole come mica, e sembrava piú scuro quando si posava sui vestiti stesi con il suo odore di catrame o gomma bruciata, faceva bruciare gli occhi, finiva nel tè, filtrava dalle zanzariere sporcando i letti, depositandosi su tavoli, sedie e divani. Era una seccatura e, come seppero in seguito, era anche pericoloso per la salute.

Tra i suoi ricordi piú vividi di quei giorni c'è l'immagine di lui seduto alla scrivania di fronte alla finestra della sua camera, con un libro di chimica davanti a sé e uno di arte in grembo, segno tangibile di come la sua attenzione era e sarebbe rimasta a lungo divisa tra scienza e arte. Nella mezz'ora che ci metteva a leggere quelle quattro pagine, le due sulla scrivania e le due in grembo, tutte e quattro erano scurite dai residui delle ciminiere. Solo in seguito capí che lo stesso strato sottile di fuliggine si era depositato sulla trachea e i polmoni di tutta la famiglia: i suoi genitori, le due sorelline, la zia, la nonna, il giovane domestico. Minuscoli sentieri di fuliggine nera solcavano i loro corpi. Tempo dopo, quando ormai era via di casa da anni, la tosse di suo padre era peggiorata in modo preoccupante, ma la famiglia glielo aveva tenuto nascosto. La diagnosi era sarcoidosi. I medici pensavano che non ce l'avrebbe fatta, ma i suoi polmoni avevano risposto bene alla terapia con gli steroidi ed era sopravvissuto. Qualche anno dopo la fabbrica era stata finalmente chiusa e l'aria del quartiere pian piano era migliorata.

Tunde era andato negli Stati Uniti a diciassette anni, molto prima che suo padre si ammalasse. A quell'epoca aveva una relazione diretta con Dio tramite Cristo, intensa e già carica di sensi di colpa legati alla sfera sessuale. Poco prima della partenza, l'uomo che chiamavano Alagba era venuto a casa loro per benedire il suo viaggio e a Tunde era stato dato del sapone nero per lavarsi, come preparazione spirituale. Ma lui si era rifiutato di usarlo. Disprezzava quella versione del cristianesimo in tonaca bianca. Nemmeno i suoi genitori credevano nell'approccio di Alagba, che era tanto cristiano quanto indigeno, ma per loro non era quello il punto. Avere fede significava accettare come parte della vita tutto ciò che poteva aiutarli a combattere le battaglie spirituali che vedevano ovunque. Non capivano la visione ristretta del figlio, la sua rettitudine da convertito, e lui non poteva e non voleva capire loro. Non intendeva usare il sapone di Alagba. I suoi genitori erano entrambi furibondi per quella dimostrazione di ingratitudine: su queste cose erano sempre d'accordo. Suo padre si era messo a strepitare e poi nessuno aveva piú detto niente. Le gemelle, che avevano tre anni meno di Tunde, erano confuse da tutta quella faccenda e cercavano di non dare nell'occhio. In quegli ultimi giorni prima della sua partenza, in casa regnava un silenzio di tomba.

L'acqua si è raffreddata leggermente. Una schiuma nera si raccoglie nel portasapone bianco. La vita ci cambia e Tunde vuole questo, adesso. La fragranza del sapone di Nkanga è delicata e sotto l'acqua calda lui si abbandona al pensiero paradossale del nero che assorbe lo sporco. Le spirali sul sapone e sul portasapone assumono all'improvviso una profondità infinita. Il sapone è striato, mobile. Sembra di lavarsi tra le nebulose.

Quella notte a Ojodu, con Michael, non sapeva quasi niente del cielo. Conosceva la luna, sapeva dell'esistenza delle stelle e aveva un vago ricordo della cometa di Halley, di cui nel 1986 aveva sentito parlare al telegiornale. Però non aveva nessuna certezza in campo astronomico, cosí quando Michael si era messo a ridere, perché l'idea che degli uomini fossero stati ficcati in un veicolo di metallo e lanciati lassú – aveva indicato la luna – era assurda, Tunde aveva capito in parte i suoi dubbi. Lo scetticismo di Michael non gli aveva fatto cambiare idea, ma si era reso conto di come la prospettiva dei viaggi nello spazio non fosse cosí facile da accettare in una visione del mondo che non era stata preparata a includerli.

Ora, molti anni dopo, conosce i nomi di qualche stella. Il Grande Carro è facile da individuare e quando vede qualcosa di giallastro, quasi rosso, sa che si tratta di Marte. Lo meraviglia che «Marte» sia una parola che riesce a collegare correttamente a un oggetto del cielo notturno. Ma, soprattutto, ora ha un senso piú ampio dell'astronomia, del vasto sapere che contiene, dei dettagli in cui Emily ha trascorso la sua vita adulta. È come se sapesse dell'esistenza di una lingua che non sa ancora parlare, ma per la qualc ha un buon orecchio.

Una lingua ha parole e fonemi non lessicali e non è nettamente divisa tra parlanti abili e non parlanti del tutto ignoranti. Questo tipo di sapere è una bilancia e da qualche parte sulla bilancia c'è la consapevolezza della complessità ancora incompresa, la consapevolezza di quante sono le cose che non sappiamo. Non ci sarebbe stato modo di comunicare a Michael tutto questo, di spiegargli che la luna è reale, che i viaggi nello spazio sono reali e che anche il dubbio è reale; e comunque all'epoca Tunde aveva solo una vaga intuizione in proposito.

Sente che è sveglia. Al buio, l'uno aspetta che l'altro si addormenti. Diciassette anni insieme, quindici di matrimonio. Non è che fanno finta di dormire. Cercare di addormentarsi se c'è qualcun altro nella stanza è indistinguibile dal fingere di dormire. Si imita il sonno finché il sonno non arriva. Presto il respiro di Sadako cambia e lui capisce che sta dormendo. Lingua: immagina una persona che conosce poco o niente lo yoruba, ma che sa come suona, come si muove nell'aria. Questa è una delle cose che gli piace dell'insegnare all'università, dove altrimenti c'è molto da detestare, dove la rigida valorizzazione delle discipline può sembrare un tentativo di disciplinare lo spirito. Gli piace che all'università ci siano persone che si sono protese verso l'immensa complessità della galassia di Andromeda o dei nematodi o del sanscrito o della geometria e l'hanno fatta comunicare con l'immensa complessità del proprio cervello. E questo è uno dei motivi per cui gli piace parlare con Emily. Anche quando fatica a capire i dettagli tecnici del suo lavoro, cioè quasi sempre, c'è quel qualcosa in piú che adora. Non lo entusiasma la competenza in sé come viene solitamente intesa, ma qualcosa che le è associato: il superlativo in tutti i luoghi e in tutte le culture, quella cosa presente nelle tecnologie contemporanee e anche nelle pratiche tradizionali, quell'aura di perizia determinata con cui gli esseri umani affrontano un universo ostile.

L'estate scorsa, in una conferenza a Napoli per l'inaugurazione di *Tree of Heaven*, qualcuno gli ha chiesto chi fosse la persona che ammirava di piú. Quando è sul palco e si trova a dover rispondere a una domanda generica di questo tipo, cerca di stare al gioco. Per lui il punto non è dare una risposta incontrovertibile, ma offrire una possibilità ragionevole, rispondere alla battuta. A Napoli la sua risposta era stata «Pius Mau Piailug», un nome che era stato accolto con il silenzio imbarazzato che si aspettava.

Pius Mau Piailug è morto nel luglio del 2010 a settantotto anni. Era micronesiano e uno dei pochi custodi, o forse l'unico, di un antico sapere: l'arte di navigare coprendo enormi distanze senza l'ausilio di strumenti moderni. Nel 1976, viaggiando da solo su una barca di legno, andò dalle Hawaii a Tahiti, guidato soltanto da quello che aveva appreso e dai segnali della natura: i movimenti delle stelle di notte, la posizione del sole di giorno, il comportamento degli uccelli marini, il colore dell'acqua e della parte inferiore delle nuvole, il sapore del pesce, il gonfiarsi delle onde. Chi dice che l'universo è ostile? Tutte queste informazioni raccolte e interpretate con acume dal navigatore attento rendevano l'oceano un libro leggibile e intuitivo. Capiva quando era vicino a un'isola o a un arcipelago, quando l'acqua era piú dolce o piú salata, quando c'era una tempesta in arrivo. Per Mau il mondo era molto piú comprensibile di quanto la maggior parte di noi potrebbe mai immaginare. Persone come lui dimostrano che un'intimità piú profonda con la natura non solo è possibile ma non deve nemmeno per forza dipendere dall'arroganza distruttiva della cultura occidentale.

Tunde spiega al pubblico che ammirare quell'uomo gli fa bene. Mau gli ricorda che altrove la vita non è solo generosa: spesso è estremamente generosa. Lo sente già, soprattutto quando pensa alla cultura yoruba o alla musica, a cui tiene cosí tanto che a volte la percepisce come il «senso» stesso dell'esistenza. La vanagloria dell'Illuminismo e dei suoi eredi liberali è una perdita di tempo. Ma la vita di Mau suggerisce un'altra cosa, aveva detto al pubblico di Napoli: ci ricorda che la profonda conoscenza delle tradizioni può sostenere un essere umano nei momenti di solitudine piú assoluta. I viaggi di Mau richiedevano tempo. La traversata dalle Hawaii a Tahiti era durata un mese. L'isolamento prolungato, cosí come la complessa rete di saperi relativi alla navigazione oceanica, suscita uno stupore ammutolito. Dato il modo in cui viviamo, aveva detto Tunde al suo pubblico, la capacità di passare un mese intero senza alcun tipo di comunicazione finisce per essere vista come una prova di forza d'animo quasi sovrumana, come un'impresa di resistenza venuta da un'epoca diversa, un esempio di autosufficienza fisica e psicologica difficile da immaginare al giorno d'oggi. In genere, chi deve sopportare l'isolamento non l'ha scelto.

Tunde non si sente particolarmente attirato dalla navigazione o dalle avventure pericolose. Eppure, quando pensa a Mau, vorrebbe cambiare la propria vita. Il suo primo incontro con Mau è avvenuto leggendo un necrologio. Da allora non ha piú letto nulla al riguardo e non è interessato a farlo. La sua ammirazione per Mau è una mappa costruita sugli indizi di quell'unico necrologio, il cui ricordo lo travolge con il semplice desiderio di trovare un'armonia con quello che nella sua vita equivale al gonfiarsi e al ritrarsi delle onde, al volo degli uccelli, all'odore dell'aria. Vuole prendere dal mondo quello che è utile, non per saccheggiarlo, ma per vivere. Vuole navigare con una meta. Al pubblico di Napoli era riuscito a trasmettere quel pensiero solo in parte. Forse era troppo entusiasta di qualcosa che a loro doveva sembrare arcano ed estraneo. Ora la notte è profonda. È scivolato in quella regione in cui i pensieri coscienti lambiscono lo scafo dei sogni. Sta ancora cercando di addormentarsi. Alla fine il tentativo diventa sonno.

Al mattino Sadako è già uscita. Il parcheggio davanti a casa è vuoto come in qualsiasi giorno feriale, ma la differenza è che neanche questa sera l'auto ci sarà. Il posto rimarrà vuoto per alcuni giorni. A lui l'auto non serve e, siccome Masako ha il parcheggio, Sadako è andata da lei in macchina. Quando scende al piano di sotto, la caffettiera alla francese è piena. Lei è mattiniera e prepara sempre due tazze. Se oggi avesse fatto un'eccezione, lui avrebbe avuto la tentazione di leggere nella sua partenza piú rabbia di quanta ce ne sia in realtà. Chi può sapere cosa succede nella testa di qualcun altro? Non sa per certo nemmeno cosa succede nella sua, di testa.

L'oscura ma persistente acredine comparsa di recente tra loro ha portato a questa breve separazione. Molte volte, nella loro vita insieme, si sono svegliati in un abbraccio e per tutto il giorno hanno vissuto nello stato d'animo creato da quell'intimità. Molte altre volte, ognuno è rimasto sul proprio lato del letto. L'allontanamento di oggi è solo una piccola estensione di questo, il bisogno di dormire in case diverse. Ma è lei che lo avverte.

Ha il cuore in pena. Dopotutto, sono marito e moglie. Non amano quelle definizioni, ma hanno accettato di adottarle per il bene delle loro famiglie, per le quali altri termini non avrebbero senso. Soffre, ma questo dolore non è nulla in confronto a quello di otto o nove anni fa, quando il loro amore era governato dalla paura di lei di perdere la libertà e dalla paura di lui di essere abbandonato, paure che avevano inciso su tutti i loro disaccordi portandoli quasi a far avverare la profezia del divorzio. Erano sopravvissuti a quei mesi difficili (anni difficili, in realtà) con l'aiuto della terapia, riascoltando, come se fosse la prima volta, le cose che si erano detti nel pieno della crisi. Grazie all'aiuto del terapeuta, al fatto che fosse presente nella stanza, avevano trovato la strada per riavvicinarsi e le loro paure si erano placate. Ma nessun sentimento è definitivo. Si amano, sí, ma sbocciano sempre nuovi misteri. Lui lo sente, ma non sa quale nuvola stia passando tra loro, e lei, se invece ne è cosciente, non vuole o non sa ancora esprimerlo a parole.

Ricorda il consiglio che aveva dato a Kehinde due anni fa, quando lei e Tomi erano in crisi: ammettere la propria parte in quella situazione. Come molti consigli, era piú facile da dare che da mettere in pratica. Cosa può offrirle lui in questo momento? Tenerezza, considerazione, cercare di vederla come si vede lei? Quelle parole credibili e seducenti si affollano nella sua mente, ma sente un divario ostinato tra quello che è in grado di pensare e quello che è in grado di fare.

Tre

Comincia il seminario chiedendo agli studenti di cosa si sono occupati ultimamente. Vuole che si godano la varietà del gruppo e che esaminino le proprie esperienze alla luce delle reazioni dei compagni. In questa prima parte della lezione si può parlare di tutto tranne che della Brexit. L'intenzione è di metterla sul ridere, ma si rende conto che ogni volta che lo dice non lo intende fino in fondo come uno scherzo. Il suo anticolonialismo fa sí che non sopporti di dover sentire parlare di politica britannica. Non era forse questa la seccatura dell'essere dominati dall'impero britannico: trovarsi costretti a interessarsi delle tradizioni britanniche, della storia britannica, dei bisogni britannici? Il suo divieto sembra divertire alcuni degli studenti, ma forse altri lo trovano irritante. Dopotutto, a nessuno piace sentirsi dire di cosa può o non può parlare. Questo trimestre ha due studentesse britanniche. Fiona segue il seminario e Anouk sta lavorando a una tesi congiunta di arti visive e astronomia, con lui ed Emily Brown come relatori. Cosa pensano loro del suo divieto? Forse lo stanno solo tollerando.

Lo scorso fine settimana Deborah ha guardato *Ad Astra*, che le è sembrato fatto bene ma con una trama poco articolata. La classe comincia a discutere di altri film sullo spazio usciti di recente e costati un capitale, come *Interstellar* e *Gravity*. A esserle rimasto piú impresso di *Ad Astra*, dice Deborah, è la colonna sonora, che da allora ha ascoltato piú volte. Marcel e Meg sono entrambi «in fissa» con il nuovo album di Lana Del Rey. Amina dice di aver guardato una serie di video pubblicati dall'Fbi su YouTube in cui un uomo di nome Samuel Little viene intervistato da un ranger texano. Little, incarcerato nel 2014 con l'accusa di spaccio di droga, si è poi rivelato, grazie al test del Dna, responsabile dell'omicidio di tre donne in California alla fine degli anni Ottanta. Javier è preoccupato per le inondazioni in Spagna, dove vivono i suoi genitori e i suoi nonni. Tom dirige la produzione teatrale di *La morte e il cavaliere del re* di Wole Soyinka. Eugene frequenta un corso di recitazione in cui ogni studente è stato incaricato di studiare un compagno con l'obiettivo di «impersonarlo» alla fine del trimestre. Le assegnazioni sono anonime: Eugene non sa quale compagno lo sta studiando e il compagno che lui sta analizzando non sa di essere studiato.

Amina, che parlava del caso Little, ha un assegno di ricerca e partecipa come uditrice. Tunde torna sul discorso e le chiede di dire di piú. La storia di Little è emersa pian piano, racconta lei alla classe. Nel 2018, per ottenere una concessione, cioè farsi spostare dal carcere di Los Angeles alla relativa calma di una piccola struttura in Texas, ha iniziato a confessare altri crimini. Fornendo dettagli credibili, Little è riuscito a convincere le autorità di essere responsabile di decine di omicidi fino ad allora irrisolti. I crimini coprivano un periodo di trentacinque anni e quasi tutte le vittime erano donne. Non meno di novantatre donne sono morte letteralmente per mano sua, dato che in genere le strangolava. Si ritiene che sia stato il serial killer piú prolifico della storia americana. Gli studenti sono sconvolti. Perché non hanno mai sentito parlare di questo mostro?

Tunde propone alla classe di guardare uno dei filmati. Amina lo aiuta a trovarne uno di meno di tre minuti e lui lo proietta dal suo portatile. Scopre con sorpresa che Little è un anziano nero dai modi gentili. Il piú prolifico serial killer americano è un nero? Non ha lo sguardo folle di Charles Manson e, pur essendo senza dubbio intelligente, non sembra avere il fascino subdolo di Ted Bundy o Hannibal Lecter. Tunde è consapevole della pressione affettiva del termine «anziano», una parola che fatica a separare da un'idea di tenerezza e persino di protezione. Il volto e il portamento di Little, i piccoli occhi scintillanti, il modo di fare allegro da buon oratore: sono tutte caratteristiche che Tunde conosce bene perché ha ascoltato tanti anziani raccontare eventi lontani nel tempo. Ma la storia che Little racconta è una storia di straordinaria violenza, una storia di indicibili sofferenze inflitte ad altri. Tunde non conosce nessuno che sia stato ucciso e, quando sente parlare delle vittime di un assassino, può solo cercare di immaginare cosa significhi per le famiglie.

Nella clip selezionata da Amina, Little è solo davanti alla telecamera. Indossa un berretto di lana grigio chiaro, una canottiera bianca e l'uniforme azzurra da carcerato con la scollatura profonda che ricorda un camice da pittore. Il video è cosí semplice e d'effetto da fargli venire il sospetto che Amina, attenta studiosa di fotografia, lo abbia scelto anche per il suo stile. Il ranger texano, appena fuori dallo schermo, interroga Little su una ragazza morta intorno al 1992 vicino a Little Rock. «Oh, come la amavo», dice Little con un rapido sorriso e un vago accento del Sud, come se si trattasse di una storia romantica. Gli pare di ricordare che si chiamasse Ruth, una donna robusta, con la pelle chiara e una fessura tra i denti. Non riporta i dettagli in automatico. A volte il suo sguardo si fa distante, come se si sforzasse di ricordare con precisione quello che sta per dire. Il ranger che lo interroga non insiste e anzi è cordiale, forse per spronarlo a parlare.

Little dice di aver prelevato Ruth da un covo di tossici e di essere rimasto con lei per due o tre giorni. Erano andati a rubare un po' di roba da Sears e da Kroger. Ha un tono disinvolto ma non beffardo, non come se volesse prepararci al colpo di scena. Racconta l'episodio con quello che un ascoltatore casuale potrebbe definire affetto genuino. Da Kroger lui viene arrestato per taccheggio e per giorni Ruth rimane in macchina davanti al supermercato, presumibilmente struggendosi, ed è per salvaguardare lei che alla fine viene rilasciato senza accuse. Insieme da Little Rock vanno verso Bentonville. Qui c'è un'omissione nel racconto. Little non accenna né allo stupro né all'omicidio: dice solo che a un certo punto è uscito dalla statale per dirigersi verso un campo di granoturco, oltre cui c'era un cumulo di steli di mais e, piú in là, il bosco. Racconta al ranger che a una quindicina di chilometri da North Little Rock ha trascinato il corpo di Ruth – era troppo pesante da portare in braccio, aggiunge – verso il mucchio di steli e l'ha lasciato lí, l'ha *lasciata* lí, con l'auto parcheggiata di muso rispetto alla strada.

Dopo, la classe discute di quello che ha appena visto. Mentre parla con gli studenti, Tunde teme di scoppiare a piangere. La risposta alla domanda sul perché Little non sia piú famoso è proprio lí: le sue vittime erano soprattutto donne di colore, in genere prostitute, in genere dipendenti da qualche droga, o comunque persone che vivevano ai margini della società. Gli viene da piangere perché vorrebbe non aver assistito a questo degrado in compagnia di studenti nei confronti dei quali si sente responsabile. E in particolare vorrebbe non averlo visto con le due donne nere della classe – anche se una delle due è Amina –, come se mostruosità simili fossero qualcosa da cui dovrebbe o potrebbe proteggerle.

Samuel Little sapeva come cercare vittime la cui morte non avrebbe attirato molta attenzione. In altre parole, conosceva bene il razzismo e la misoginia e usava questo sapere come un mantello. Alcuni omicidi erano stati dichiarati irrisolti senza che fossero stati fatti grandi sforzi per risolverli, altri classificati come suicidi o overdose, probabilmente perché le forze dell'ordine non si erano prese il disturbo di vagliare altre ipotesi. Quest'uomo di settantanove anni che racconta storie di tempi passati, sorridendo di tanto in tanto come se fosse perso nelle sue fantasticherie, è un essere umano orribile sotto ogni punto di vista, eppure per lui la vita era quella. Il senso della sua vita consisteva nel trovare donne vulnerabili da ammazzare. L'odio puro nei confronti delle donne, per lui indistinguibile dall'amore, era l'unico motivo per cui era al mondo.

Quando Tunde passa alla lezione in programma, due studenti presentano dei progetti fotografici basati su Instagram. Ma lui continua a pensare a Little. Al modo in cui diceva sorridendo: «Oh, come la amavo». Al modo in cui, nella sua testa, aveva effettivamente amato Ruth per quei tre giorni prima di violentarla e ucciderla, ucciderla perché qualcosa in lui gli diceva che doveva uccidere, ucciderla come aveva e avrebbe ucciso altre donne in altri diciotto Stati a partire dal 1970, una compulsione determinata e paziente a spegnere vite. Non solo non ha rimorsi, ma il rimorso nemmeno affiora in lui come possibile risposta a qualcosa che trova cosí naturale. Ma Samuel Little non è un problema filosofico astratto. È un uomo in carne e ossa. Il numero di donne che ha ucciso, e quindi la quantità di lutti che ha generato, manda in cortocircuito qualsiasi tentativo di «capire» il crimine. La storia insegna soltanto che la sofferenza umana è un mistero inutile.

Dopo la lezione, Tunde riceve due e-mail. Una proviene da un indirizzo anonimo. Non è la prima volta. Il mittente lo accusa di essere un impostore e di occupare una posizione che avrebbe dovuto essere assegnata a qualcuno di piú meritevole. L'altra è di Hana: l'evento al Museum of Fine Arts è confermato. La ringrazia e le chiede di iniziare a sbrigare le pratiche. Sente che sul palco calcherà un po' la mano. Non vuole essere premiato per la sua disinvoltura o per la sua parlantina, non vuole semplicemente decorare il palco con la sua presenza. Quanta innocenza si può attribuire a una grande istituzione come il museo? Ma se esagera, il suo comportamento potrebbe essere visto come esibizionismo da ospite ingrato. Non lo preoccupa il prezzo che pagherà se parla di cose che la gente non vuole sentire – il prezzo potrebbe essere un numero sempre minore di inviti – ma essere preso per cinico sí, quello lo preoccupa. Per quanto libero possa sentirsi, non è libero dal desiderio di non essere considerato arrogante. Ma ha ancora qualche settimana per rifletterci. Prima ci sarà il viaggio a Santiago, per il quale si sta già preparando. Dovrà tenere una conferenza su Lagos: una realtà della sua vita cosí vasta e allo stesso tempo cosí intima, intensa e variegata che non sa nemmeno da dove cominciare. L'approccio dovrà essere trasversale.

Torna a casa sotto un cielo nuvoloso. Il pomeriggio è stato grigio e lo sarà anche il tramonto. Si sta trattenendo dal mandare un messaggio a Sadako e probabilmente non lo farà neppure l'indomani, ma solo il giorno dopo ancora. Forse lei ci metterà un po' a rispondere. Ma la conosce, sa che gli sarà grata per averle lasciato spazio e che sarà felice di sentirlo. Dopo di che, spera, riusciranno a riparare quello che va riparato.

È a casa. Il cielo si incupisce sempre piú in fretta ora, e c'è aria di temporale. Le tende sono aperte, e lui non ha acceso le luci. Il cielo gli ricorda quello di quasi vent'anni fa, turbolento e plumbeo come il mare. Era con Sandro sul ponte di un traghetto che tornava a Maui da Molokai. Quel giorno il cielo era stato chiaro solo a sprazzi, di un azzurro pallido e poi del colore del nulla. Al mattino avevano lasciato la casetta sulla spiaggia affittata per la notte ed erano andati a fare una gita. Sandro si era innamorato di quel paesaggio vastissimo e delle mille sfumature di verde, ma era infastidito dal fatto che, anche se pioveva appena, Tunde aveva portato l'ombrello. Sandro era seccato con Tunde perché armeggiava con l'ombrello, e Tunde era arrabbiato con lui perché non capiva cosa ci fosse di male nell'ombrello. Per Sandro, quella era la prova che Tunde non apprezzava la natura. Avevano passato il resto della giornata con il broncio. Il cielo si era rabbuiato sul mare e sul traghetto, trascinandosi dietro l'umore di Tunde.

Un tempo Molokai era un lebbrosario. In seguito l'isola aveva subito uno sviluppo forzato. Il maledetto ombrello era rotto. La sua mente vagava. Pensava alla musica, a *The Promise* di Tracy Chapman. Qualsiasi cosa per placare la violenza che gli batteva nel cuore. Perché Sandro non riusciva ad amarlo meglio, perché non riusciva a mettersi in testa che lui lo amava davvero? Quell'imbarazzo tra loro lo stavano risolvendo: Sandro era il piú «assente» dei due. Ma ormai era chiaro che l'amore che Sandro provava per lui stava scivolando via. Tunde si vergognava di aver fallito.

Finalmente iniziò a piovere forte e l'orizzonte scomparve nella foschia. Tutti si affrettarono a scendere dal ponte per ripararsi all'interno. I passeggeri erano rannicchiati in balía del temporale mentre il traghetto veniva sballottato dalle onde. La burrasca durò una ventina di minuti e per tutto il tempo Tunde non riuscí a guardare Sandro. Continuava a canticchiare *The Promise*, lasciando che il sentimento lo travolgesse. Quando il traghetto attraccò al porto di Lahaina, piú o meno quarantacinque minuti dopo, Sandro gli disse che non poteva piú stare con lui. Anzi, per la precisione, che Tunde non poteva piú stare con lui. Era difficile stabilire se si trattasse di una distinzione intenzionale da parte sua o di un piccolo errore di traduzione dall'italiano che aveva in testa. Che importanza aveva?

Presero un taxi e tornarono alla casetta in un silenzio gelido, i vestiti umidi e l'infelicità condivisa. Dentro, si evitarono. Poi, a un certo punto, Tunde accese una luce in soggiorno e fu colpito da una potente scossa elettrica. Si accasciò sulle piastrelle. Sandro si precipitò da lui spaventato e, benché a fatica, Tunde lo respinse, tremando e piangendo come un bambino tradito. Poco dopo si fece una doccia, ma piangeva ancora. Aveva sentito la morte sfiorargli il viso in quel luogo lontano da qualsiasi posto che avesse mai chiamato casa. Come l'avrebbero saputo i suoi genitori? Dopo la doccia, quando ormai era asciutto e al caldo e rasserenato, si avvicinò al suo uomo disteso sul materasso a terra e ne fu attratto. Il mondo tornò a essere piccolo e sopportabile. Poi si addormentarono.

L'anno successivo era finita per davvero e tre anni dopo, nel 2004, Sandro era ormai un lontano ricordo. Quell'estate Tunde andò a Ōsaka con Sadako. Mentre passeggiavano per la città, lei gli indicò l'ostello di Umeda dove era stata nel 1995 da studentessa. Gli raccontò che una mattina si era alzata alle cinque come al solito per andare in piscina a Ōgimachi, lí vicino. Le piaceva nuotare prima delle lezioni, immergersi nella piscina ben illuminata e poi tornare nel mondo alle prime luci dell'alba, camminando per le strade appena sveglie della città sconosciuta. Quella mattina si era preparata e stava per uscire di casa quando il palazzo aveva cominciato a ondeggiare. Tutto aveva tremato per mezzo minuto buono. Nella sua stanza si era rovesciata una libreria, ma niente di peggio. Solo piú tardi si sarebbe saputo della portata dell'orrore a Kōbe, della distruzione totale delle infrastrutture, delle migliaia di morti. Ōsaka era stata risparmiata. Quando gli raccontò di quel momento, di quanto fosse andata vicino a morire, nella sua voce c'era una meraviglia pacata e Tunde sentí un brivido di paura per lei. Ma era sopravvissuta ed era passato quasi un decennio ed erano lí insieme in una piacevole giornata estiva. In quel momento il mondo era bello, pieno di una felicità semplice, non meno vasta e non meno profonda del dolore. L'aveva abbracciata. Quando le persone che ci stanno a cuore rischiano grosso, ci preoccupiamo, anche se quel rischio risale a molto tempo prima che sapessimo della loro esistenza.

Ora il cielo è completamente buio. Accende con cautela la lampada del soggiorno. Tenta di trattenersi, ma poi torna al canale YouTube dell'Fbi e guarda un altro video di Samuel Little e poi un altro e un altro ancora. I video, lunghi meno di quattro minuti, sono tratti da interviste piú lunghe. Nota che in quasi tutti i casi viene omessa la descrizione del momento della morte delle vittime. Non può essere che Little si rifiuti di parlarne. Di sicuro l'uccisione è il culmine narrativo di ogni storia, per lui. È piú probabile che, per rispetto delle vittime o della sensibilità del pubblico, quella parte sia stata tagliata. Eppure, in un video dopo l'altro, senza dover ricorrere ad appunti, Little parla di paesini e città e dei quartieri poveri che usava come terreno di caccia. Ricorda le auto che possedeva o noleggiava o rubava, la marca e il modello, il colore e l'anno, una Pontiac LeMans, una El Dorado del '78, una Lincoln Continental Mark III. Parla di anni e luoghi, elenca strade e incroci, descrive le strade che portavano fuori città, la vegetazione, i luoghi isolati dove in genere si sbarazzava dei corpi, i boschi, i cespugli, le scarpate, 1972 a Miami, 1984 a Columbus, 1993 a Las Vegas, 1982 a New Orleans. E ricorda soprattutto le donne, il nome, il viso, l'altezza, il peso, le ricorda tutte con una tenerezza inquietante. Una donna di Miami è «transgender», dice Little, e il ranger interviene per chiarire che si tratta di «un maschio nero in abiti femminili». Una ragazza bianca è di un «biondo slavato». Una ragazza nera ha «la pelle color miele». Una donna di New Orleans ha «belle forme» ed è «ben curata». Little ridacchia spesso ma non per scherno. Tunde nota che gli mancano alcuni denti inferiori e legge che all'epoca delle interviste soffriva di una grave forma di diabete ed era costretto su una sedia a rotelle. La sedia a rotelle non è visibile nei video. Il linguaggio di Little è accurato, persino aulico (il fatto che quasi non dica parolacce è forse un riflesso della sua generazione), ma nel contenuto effettivo è decisamente osceno. Non possiamo guardare il male. Non possiamo guardare la morte, ma solo pensare di poterlo fare. Little rifiuta l'appellativo di «stupratore», pur avendo abusato sessualmente di molte donne. Per gran parte della sua vita ha sofferto di disfunzione erettile e l'eccitazione sessuale deriva dallo strangolamento delle vittime, di solito sul sedile posteriore di un'auto. Prima di ucciderle, le picchiava: da giovane faceva pugilato. In un caso aveva colpito una donna con tanta forza da spezzarle la spina dorsale. Tunde chiude gli occhi. Perché si ostina a guardare?

Anni dopo, in una prigione del Texas, Samuel Little riceve dei pastelli a gesso e inizia a disegnare le donne. Occhi con o senza ombretto, sopracciglia, nasi, bocche, spesso con il rossetto rosso, alcuni dei volti frontali, alcuni di tre quarti, alcuni di profilo, alcuni sorridenti, tutti pieni di carattere. Le immagini che saltano fuori sono molto piú ricche dei classici schizzi della polizia, la varietà è impressionante, i dettagli resi con tratto rapido ed esperto, per nulla elaborati ma precisi. Alcuni ritratti aiutano a risolvere casi di omicidio ancora aperti. Sembra assurdo, ma ogni immagine è in un certo senso «piena di vita», come se si trattasse di volti che Little ha non solo guardato ma anche visto davvero, non solo visto ma anche memorizzato, assimilato in un momento di leggerezza e poi ricordato alla perfezione, come se chi ha visto e chi ha ucciso non fossero lo stesso uomo.

Vedendo i disegni fuori dal contesto, cosa si potrebbe pensare? Risultano un po' ingenui, con elementi di arte popolare e altri fanciulleschi, ma l'accuratezza e l'intenzionalità danno l'impressione non tanto di qualcosa di ingenuo quanto di finto ingenuo, di una mano abile e di un'immaginazione fluida. Richiamano alla mente i ritratti in primo piano, al contempo raffinati e goffi, di artiste come Elizabeth Peyton o Marlene Dumas. Molti dei soggetti di Dumas sono morti e i contorni vaghi, sfumati dei suoi ritratti sembrano evocare la misteriosa distanza tra i vivi e i morti. Lo stesso vale per i volti pallidi dipinti da Luc Tuymans: alcuni dei soggetti sono vivi, altri morti, ma tutti sembrano sottoposti a una soffocante pressione esistenziale che non viene mai nominata. L'ambiguità tra il talento e la sua mancanza increspa la superficie dei quadri di Tuymans e Dumas, e anche dei disegni di Little.

Ogni immagine di un essere umano fa sorgere a chi la guarda una domanda: perché mi viene mostrata? A volte, forse spesso, la risposta arriva cosí in fretta che la domanda non viene nemmeno notata: è un album di famiglia, è un selfie scattato in vacanza, è una foto stock per una campagna pubblicitaria. Ma a volte la risposta tarda ad arrivare, e nel frattempo si insinuano sensazioni inquietanti simili a quelle che si provano quando in un film la macchina da presa indugia un po' troppo sul volto di un personaggio. L'osservatore pensa, dovrebbe pensare: perché?

Guardando i disegni, Tunde pensa non solo all'irrisolvibile «perché» della brutalità di Little, ma anche all'inafferrabile «perché» dell'effetto che i ritratti hanno sullo spettatore. Come i dipinti di Tuymans e Dumas, i ritratti di Little sanno di morte, anche se sono separati dalla loro storia. Sembrano fuori sincrono, hanno vita ma mancano di dettagli, sono simili alla vita senza esserlo. A Tunde viene in mente che quando vede una persona qualunque nei media tradizionali, mostrata in quella che è chiaramente un'istantanea o una foto amatoriale con un'illuminazione mediocre e colori scialbi, un'immagine magari ritagliata da una piú grande, quando vede quel tipo di foto sulle pagine del «New York Times» o in un programma televisivo, pensa subito: questa persona è morta. È una risposta secondaria alla domanda «perché». In un'epoca di fotocamere e fotogrammi di qualità, inondata di modelli professionisti, fotografi professionisti, truccatori e abili ritoccatori su

Photoshop, se il ritratto migliore di una persona che per qualsiasi motivo ha bisogno di comparire sui giornali è una brutta foto, è molto probabile che non sia stato possibile ottenerne una piú bella. È molto probabile che la persona sia morta e che il motivo per cui ne viene mostrata la fotografia sia proprio che è morta.

I ritratti di Little sanno di morte. Ma Tunde non vuole piegarsi a etichettare Little come «il serial killer piú prolifico», ed è disgustato dal trionfalismo senza cuore di quell'etichetta, che tratta la vicenda come intrattenimento. Little è un avatar realistico delle perversioni sessuali che alla gente piacciono tanto, sia da leggere sia da guardare in qualche serie televisiva. La gente... e cosa può dire di se stesso? Quando guarda i filmati della polizia, cosa sta guardando di fatto? Si lascia guidare verso comportamenti che passano per naturali. È naturale essere turbati da un serial killer, da uno strangolatore. Ma non c'è forse un certo consenso nel lasciarsi trascinare cosí, un consenso riguardo a una certa definizione di cosa costituisca un «crimine», un consenso quasi forzato in merito all'idea che gli uomini soli e cattivi siano i criminali peggiori? Purtroppo sono vari i tipi di crimine sanguinoso, ma non suscitano lo stesso fascino pieno di orrore. Ci sono omicidi orchestrati da uomini eleganti che vivono in sobborghi residenziali; omicidi attuati da tizi al computer in strutture anonime alla periferia delle città americane, e anche da donne; omicidi compiuti su vasta scala in nome di un sistema economico. Un omicidio non è solo mani spietate su un collo fragile. A volte è sufficiente muovere denaro, premere un pulsante, rivendicare il diritto legale alla violenza preventiva. E a proposito di «serial killer piú prolifico»: cosa significa questa espressione in un Paese costruito sul genocidio?

Anni prima, dopo una cena, Anthony aveva mostrato a un gruppo di amici una serie di immagini inquietanti.

Tutti avevano mangiato bene e alzato un po' il gomito, e c'era l'atmosfera giusta per guardare insieme cose strane su Internet. Anthony mostrò una pagina di Wikipedia intitolata *Elenco di vittime di omicidio non identificate negli Stati Uniti*. La descrizione era abbastanza innocua, ma la pagina, oltre ai resoconti di certi crimini e alle condizioni dei corpi al ritrovamento, conteneva diversi ritratti delle vittime realizzati da vari dipartimenti di polizia di tutto il Paese. Visto che erano stati ricostruiti da volti gravemente danneggiati o da resti decomposti e realizzati con l'ausilio di programmi specifici, avevano un aspetto iperreale o surreale. In alcuni casi sembravano immagini della Pixar.

Molti dei ritratti erano stati realizzati a partire dai resti di persone morte decenni prima. La donna non identificata della contea di Walker era morta tra il 31 ottobre e il 1° novembre del 1980 in Texas. La donna non identificata di Odessa era stata trovata nel Delaware nel 1993. L'uomo non identificato della contea di New Castle era stato trovato nel 1994, quello della contea di Floyd nell'Indiana nel 1977. La donna non identificata di Popes Island era stata trovata nel 1996 in Massachusetts in due sacchi della spazzatura avvolti in una coperta di lana bianca e verde acqua. Le avevano sparato dodici volte. Quella notte Tunde aveva avuto gli incubi.

Ritorna alla pagina di Wikipedia e nota che le immagini delle vittime non identificate sono piú precise di come si ricordava. È una vera e propria folla di ignoti. Hanno un aspetto non associato alla loro vita, ma soltanto alla loro morte. Com'è possibile vivere su questa terra fino a un'età qualsiasi e poi esserne rimossi con violenza senza lasciare la minima traccia, nemmeno un'increspatura? Nessuno vive davvero solo: essere umani significa appartenere a una comunità. Ma certe persone muoiono da sole, e alcune senza neanche entrare nella comunità dei morti. È questo che lo tormenta dei ritratti creati con l'aiuto del computer: che con i loro cieli e sfondi finti, i capelli meticolosamente riprodotti, la pelle che sembra di plastica e gli sguardi intensi, quasi irrequieti, raffigurano in un certo senso i non morti.

Per gli esseri umani la morte ha senso solo quando viene riconosciuta. Non è un semplice fatto biologico, non per noi. La morte è la consapevolezza della morte, la morte è il rituale per i morti. Per questo quando veniamo a sapere che qualcuno è morto vogliamo sempre sapere come è successo: perché per iniziare a elaborare il dolore della perdita abbiamo bisogno di una narrazione. Riconoscere i morti, chiamarli per nome e fare in modo che riposino in pace sono atti radicati nel tessuto piú profondo del comportamento umano. Tra i piú antichi manufatti culturali creati dall'uomo ci sono i tumuli funerari.

Le perturbanti vittime non identificate lo portano a una serie di immagini piú recenti. L'anno prima, in una chat tra fratelli, Taiwo aveva inviato a lui e a Kehinde la fotografia di una persona che nessuno dei due riconosceva, un uomo bianco dai capelli chiari. Era un gioco che lui e le gemelle facevano ogni tanto: sfidarsi a capire cosa ci fosse di strano in una determinata immagine. In questo caso Tunde ipotizzò che l'uomo «bianco» non fosse affatto bianco, ma solo una persona di colore dalla pelle molto chiara. Kehinde, invece, che l'uomo non fosse stato dichiarato maschio alla nascita. Secondo Taiwo, entrambe le risposte potevano essere valide, solo che non c'era modo di stabilirlo. Lei, però, aveva inviato quella fotografia perché era di una persona mai esistita. L'immagine era interamente generata al computer, disse, mandando un link al sito. All'epoca Tunde ci aveva dato giusto un'occhiata.

Adesso, però, lo recupera e ci passa mezz'ora. «Questa persona non esiste», annuncia l'Url. Ogni volta che aggiorna la pagina compare un viso diverso. Una giovane donna con la pelle olivastra e i capelli scuri, un uomo bianco di mezz'età con la barba di due giorni, una persona di sesso indefinito con la pelle chiara e gli occhi grigi, una donna bianca di circa cinquant'anni con le sopracciglia arcuate, un bambino asiatico di piú o meno dieci anni, una ragazza che sembra indonesiana sui tredici anni, una donna dai capelli rossi con il rossetto rosso. Persone comuni, alcune belle, altre meno, un'intera popolazione. Il sito funziona con una «rete generativa avversaria», un programma che ha accesso a un vasto archivio di volti umani e che, lavorando sull'apprendimento profondo, rileva i modelli e le varietà delle persone fotografate. Partendo da questi dati, è in grado di generare nuovi volti all'infinito.

A quanto pare, il programma fa un uso sapiente di luci e ombre, colore della pelle, struttura dei capelli, espressioni e atteggiamenti. I risultati sono incredibili e inquietanti. La maggior parte delle immagini non rientra nella zona perturbante, come accade con le vittime di omicidio non identificate. Queste persone inesistenti sembrano reali. Di tanto in tanto ci sono dei difetti nel rendering e magari qualcuno ha le orecchie strane o gli occhiali che spuntano dalle tempie o il motivo sullo sfondo è incoerente, ma in generale le foto sono convincenti e mostrano persone in diverse condizioni di luce con una gamma credibile di espressioni. Alcune immagini sono normali e del tutto banali, tanto che vederle in un altro contesto potrebbe far pensare che la persona sia morta. Ma queste persone non sono morte, semplicemente non sono mai vissute, semplicemente non vivranno mai.

Sono puri spettri di algoritmi, veri e propri fantasmi, un terzo vertice rispetto ai due creati dagli schizzi delle donne di Little e dalle immagini della polizia delle vittime non identificate: i morti ricordati, i non morti ricordati, gli immaginari mai vissuti.

Quando muore, la maggior parte degli esseri umani non lascia traccia dell'aspetto e della voce che aveva, di come si muoveva, di cosa preferiva. È un gigantesco oblio ma anche un sollievo, che ci permette di non essere sopraffatti dai volti e dalle presenze di una moltitudine di defunti. Possiamo vivere in pace ai nostri giorni senza dover guardare video di ogni abitante dell'XI secolo della Normandia o di Giava o dell'Impero Songhai. Solo con l'invenzione e la diffusione della fotografia molti hanno potuto catturare la propria immagine per i posteri, prerogativa fino ad allora di ricchi e potenti; e solo in quella stessa epoca, con l'invenzione del grammofono, è diventato possibile registrare la voce di chiunque, illustre o meno, e riascoltarla dopo la sua morte. Il privilegio di non essere cristallizzati, di morire insieme alla propria morte, è andato perduto. Forse i morti dovrebbero muoversi intorno a noi come i vivi? Dovrebbero avere una presenza piú tangibile delle persone che si vedono nei sogni?

Gli viene in mente l'avviso spesso inserito nei film di produzione australiana, rivolto agli aborigeni e agli abitanti delle isole dello stretto di Torres: il film che stanno per vedere contiene immagini, voci e nomi di persone decedute. Questo gesto di rispetto, o di cautela, deriva da una pratica culturale con cui lui non ha familiarità, un tabú che impedisce di nominare i morti. In alcune culture aborigene e delle isole dello stretto di Torres si parla dei morti recenti solo con circonlocuzioni. In quelle comunità lo sviluppo della fotografia e del cinema ha portato a un ulteriore disagio, legato al vedere immagini dei morti o al sentire le loro voci. Per molti occidentali non c'è alcuna differenza esistenziale o morale tra la visione di un filmato di dieci o settant'anni prima, anche se è probabile che in quest'ultimo caso molti dei soggetti ripresi siano già morti. (Piú di una volta Sadako si è girata verso di lui mentre guardavano un vecchio film e gli ha sussurrato: tutte queste persone sono morte). Consultando i protocolli degli avvisi australiani, Tunde si imbatte in un altro concetto, anch'esso diffuso tra alcuni aborigeni. Visto che può essere difficile capire se i bianchi sono felici o tristi, gelosi o arrabbiati o semplicemente di cattivo umore, e siccome per via della celebrazione dell'impassibilità si ritiene che manifestare emozioni in pubblico sia inopportuno, alcuni aborigeni sostengono che «i bianchi non hanno faccia». Una frase incredibile, che ovviamente Tunde apprezza subito. I bianchi non hanno faccia. Sembra una poesia.

Ed è questo dettaglio buffo che gli fa capire cos'altro lo inquieta dei volti generati al computer: sono quasi tutti bianchi. Alcuni potrebbero somigliare ad asiatici o latinoamericani, ma in mezz'ora di clic non è arrivato a un solo volto nero. I bianchi non hanno faccia e quella faccia è ovunque. Probabilmente si tratta di un semplice caso di pregiudizio algoritmico, ma sa che queste cose non sono mai semplici. In un certo senso, si può dire che le persone nelle fotografie non abbiano razza, in quanto sono creazioni di fantasia, non persone reali. Ma sarebbe come giocare con le parole, dato che sono create per essere viste come persone o come foto di persone. Il progetto vorrebbe essere letto come una rappresentazione del mondo. Perché allora in questo mondo di fantasia, un mondo creato da geek americani, ci sono pochissime persone di colore? Tunde non è tipo da insistere sulla rappresentazione dei neri in ogni contesto. Trova faticoso anche solo accorgersi di queste cose, figuriamoci tenerne conto. Ma non è del tutto vero. Se ne accorge, anzi se ne accorge in modo automatico e trova le assenze molto gravi. Sarebbe piú difficile chiudere gli occhi di fronte a questi vuoti. Si aspetta che i programmatori abbiano delle scuse pronte sugli insiemi dei dati e sulla disponibilità di materiale adatto a addestrare la rete generativa avversaria. Ma le scuse esistono sempre e sono spesso plausibili. Ciò detto, sa per certo che i bianchi si trovano a loro agio in ambienti completamente bianchi. Non notano l'assenza dei neri nei loro musei e nelle loro scuole, nei ristoranti, nei film che guardano, nei libri che leggono, negli studiosi che citano. Anche in un mondo puramente immaginario, anche in un mondo futuristico, il loro standard è monocromatico. È come se inserire persone di colore nella finzione o immaginarle nel futuro fosse partecipare a un goffo tentativo di equilibrio politico, come se la presenza dei neri avesse senso solo e unicamente per rappresentare la «nerità». Sente quella discussione nella propria testa, e non gli piace.

Aveva pensato a Tuymans e Dumas, ma ora gli viene in mente Lynette Yiadom-Boakye, che ritrae soltanto personaggi immaginari. I suoi dipinti abbondano di soggetti neri, neri che esistono soltanto nei suoi quadri, in scenari che possono essere nel passato, nel presente o nel futuro. Con pennellate morbide, toni scuri e un approccio tecnico che ricorda Goya e Manet, i suoi dipinti racchiudono spesso serenità e malinconia insieme. Tunde si sente a casa nel mondo di questi dipinti, in cui i soggetti inventati sono pieni di presenza e di sentimento. I dipinti di Yiadom-Boakye ispirano una compassione tale da evocare anche chi immaginario non è. Si muovono verso la vita, verso piú vita. In questo senso sono l'antitesi delle immagini delle donne nere che Samuel Little ha ucciso con metodo. Va in un posto, uccide una donna, riparte, e poi ripete tutto di nuovo, spesso in luoghi che conosce appena. A volte torna in una città e a volte ci rimane. In nessun'altra città semina tanta morte come a Los Angeles. Lí ammazza Carol, Guadalupe, Audrey, «Granny», «Alice», «T-Money» e molte altre donne senza nome, i cui visi riposano nell'archivio della sua mente finché non li rievoca con i pastelli. Forse è questa mania di Little per Los Angeles che gli fa venire in mente la sua ultima visita a L. A. nel 2016, quando era andato a trovare Yusuf.

Yusuf stava per compiere quarant'anni e aveva invitato Tunde e altri dieci amici, nessuno dei quali viveva a Los Angeles (non ci viveva nemmeno Yusuf), a trascorrere tre giorni in città con lui. Era stato un fine settimana meraviglioso, le ultime scintille della loro giovinezza. Gli amici di Yusuf provenivano da diverse fasi della sua vita e non si conoscevano bene. Tunde conosceva Yusuf e altre due persone; di altre tre aveva sentito parlare. Ma questa novità rendeva lo stare insieme ancora piú piacevole, con le sbronze alla vecchia maniera, perché iniziavano a bere durante il brunch nella casa che avevano preso in affitto a Pasadena e poi vagavano per strade e musei, negozi e concerti all'aperto, prenotavano la cena per dodici in un ristorante e finivano in un locale a notte fonda. Tunde non aveva mai visto Yusuf cosí felice e quella felicità era contagiosa. Anche lui era felice, inspiegabilmente piú leggero di quanto non fosse da anni. Quasi la metà dei presenti erano sposati o fidanzati, ma nessuno era venuto con il proprio partner e quindi l'atmosfera ricordava la dolce innocenza di una gita all'estero dei tempi dell'università. Forse prevedibilmente due donne si erano avvicinate un po' troppo. Una aveva moglie e tre figli a Jacksonville, l'altra era nubile e chiassosa. Quando iniziarono a strusciarsi, tutti gli altri le ignorarono, irritati dal fatto che avessero infranto codici cosí palesi. Che cosa si poteva fare? I guai – e ce ne furono – emersero in seguito e se li dovettero risolvere da sole.

L'ultima sera in città erano finiti al bar in cima all'Ace Hotel. Verso mezzanotte metà della comitiva era andata in un altro posto in centro. Tunde aveva già bevuto un sacco in quel lungo fine settimana. Si sentiva annebbiato. Vide Máire e Yusuf sulla pista affollata. Yusuf ballava tenendo in equilibrio un bicchiere sulla fronte. La musica elettronica era molto alta, nervosa. Tunde bevve un altro cocktail a base di mezcal: ormai stava perdendo il conto. Si chiese: quanto sono ubriaco, quanto sono lucido, sarò abbastanza sobrio da prendere un Uber, riuscirò a trovare la strada per tornare a Pasadena? Ma poco dopo la sua mente venne trasportata da onde invisibili e cominciò a pensare a te. E fu come se il pensiero di te si fosse all'improvviso espanso fino a riempire tutto il suo campo visivo. Cercò di pensare al tuo viso, alla tua voce. Non ci riuscí. Eri morto da tre anni ormai ed eri la prima persona davvero cara che Tunde aveva perso. Cercò di pensare al tuo viso, invano. Cercò di ricordare la tua voce, la voce di un amico adorato per quasi vent'anni, invano. Lo sforzo di concentrazione era una nuvola nera che si era fermata nella sua mente, occupando tutto lo spazio. Ti chiamò con il pensiero, ma tu non c'eri e il suo respiro divenne affannoso. Non riusciva a ricordarti. Era come se non avessi mai avuto un viso e i suoi occhi si riempirono di lacrime.

Spegne la lampada in soggiorno e va al piano di sopra. Il temporale è stato intenso ma breve. Ora ha l'impressione che l'aria sia pulita, tersa. Nel buio, la casa silenziosa è tutta sua. Supera la porta a vetri sul pianerottolo e vede il cielo nero. Lontano, un tenue rossore in cielo, c'è Marte. In questo momento il rover Curiosity sta attraversando il cratere Gale per inviare le immagini sulla Terra. Sta studiando il clima e la geologia del suolo marziano, alla ricerca di tracce d'acqua. Molte delle immagini inviate da Curiosity arrivano in un formato con un effetto vignettatura, in un cerchio scuro, come se fossero all'interno di una cornice di cartone nero. Le immagini circolari di creste e rocce, di eventi atmosferici pietrificati e di un orizzonte dolcemente arcuato ricordano riproduzioni multiple dell'interno vitreo di un occhio. Le fotografie sono per lo piú in bianco e nero, alcune a colori. Le polveri sottili e la bassa pressione atmosferica fanno sí che il cielo diurno di Marte risulti rosso all'occhio umano. Poi il giorno marziano finisce e la luce del sole che tramonta percorre una distanza maggiore prima di essere rifratta attraverso questa atmosfera per noi aliena. Su Marte i tramonti sono azzurri.

Quattro

Poco dopo essersi trasferiti nella casa su Ellis Street, avevano deciso di usare una delle due stanze piú piccole come camera da letto e di tenere l'altra per gli ospiti. Quella piú grande era diventata lo studio di lei. Ha il soffitto alto e, sulla parete a sudovest, una grande finestra che dà sul giardino. Visto che la casa piú vicina è comunque a una certa distanza e che durante uno dei temporali dell'estate scorsa è caduto un grande abete rosso, ora lo studio è luminoso in tutte le stagioni, compreso l'inverno. In inverno la luce è bianca e fredda.

Una scrivania color castagno, una poltrona di pelle senza braccioli, due librerie bianche, un'ottomana coperta con una stoffa indaco che viene dallo Sri Lanka. Una fotografia di John Coltrane del 1966 che le aveva regalato suo padre. Un computer, un paio di piccoli altoparlanti, una bacheca di sughero. Un cartoncino su cui ha scritto nel suo corsivo rapido, spigoloso e inclinato a destra: *Sono decisa e non ho paura di niente – Audre Lorde*. Accanto al cartoncino, il suo biglietto da visita con sopra un numero di telefono a inchiostro blu, non ricorda piú di chi. Una foto del suo figlioccio Ting Ting. Due disegni di amarillide, uno di un mazzo di ranuncoli. I disegni li ha fatti lei. Sopra la bacheca di sughero c'è un calendario del giardino botanico di New York. Novembre. Sono da poco passate le tre di pomeriggio e lei è sdraiata.

Quando qualche anno fa si è presentata l'opportunità di lavorare per Vine Pharma, ha pensato che sarebbe stato interessante tornare nello Stato dove è nata. È cresciuta nel North Shore, e i suoi ora vivono ad Acton. Sua madre insegna da trentacinque anni nel programma di gestione aziendale della St Anthony's. Anche suo padre lavorava lí: è andato in pensione nel 2015 dopo aver fatto pian piano carriera. È stato supervisore delle attività serali, direttore dei servizi di sicurezza e infine vicepresidente addetto alla gestione delle strutture. I suoi genitori si erano conosciuti in Giappone nel 1970. Lui suonava la cornetta in un'orchestra jazz itinerante e lei si era appena laureata a Waseda. In quelle circostanze improbabili era nato l'amore. Qualche anno dopo la madre aveva conseguito il dottorato di ricerca presso la UMass di Boston. Suo padre aveva sempre lavorato con le mani. Nel corso degli anni aveva cominciato a girare voce che fosse un ex militare e che lei lo avesse conosciuto quando era di stanza in Giappone. La realtà era prosaica in modo diverso: due anime gentili che si erano riconosciute una notte di mezzo secolo prima e che da allora non avevano mai smesso di riconoscersi.

La famiglia è concorde nel dire che Masako è piú simile al padre. Nemmeno lei è mai stata interessata alla laurea, e ha perseguito la carriera nel mondo della musica che a lui era sfuggita. L'hip-hop è il suo mondo. È riuscita a inserirsi in quella scena già all'università, stringendo amicizia con le persone giuste, facendosi coinvolgere nella promozione e nel management. Anche se il business è cambiato, è rimasta nel settore e ora lavora per un grande promotore di concerti. A metà degli anni Novanta i tre membri dei Fugees avevano passato la notte nella loro casa di Gloucester. Suo padre aveva rispolverato la cornetta e suonato il bebop per loro. Sadako se l'era perso, perché quell'anno studiava a Ōsaka.

Sadako è piú simile a sua madre, lo dicono tutti in famiglia e lei sa perché: la passione per la matematica, la loquacità, il temperamento ironico, il dottorato. Ma è anche quella che assomiglia di piú a suo padre fisicamente e, anche se nessuno lo ammetterebbe mai, quella a cui lui è piú affezionato. La considera la figlia «del Sud», perché in lei vede l'Alabama e le donne alte, flessibili e in gamba della sua stirpe: la cugina Alice, zia May, la sua stessa madre. Da ragazza, Sadako ascoltava grazie ai dischi del padre Minnie Riperton, Chaka Khan, i Commodores, Kimiko Kasai, un gusto démodé per cui Masako la chiama ancora «nonna».

Nello studio la luce naturale si sta affievolendo. Sadako pensa a cosa preparare l'indomani, per il giorno del Ringraziamento. Saranno solo loro quattro, un evento raro e gradito. Sean è in California con la famiglia del fratello e Tunde è in viaggio verso il Mali. La loro non è una famiglia litigiosa. I suoi genitori sono affettuosi ma sanno rispettare i confini, e lei e sua sorella non hanno scontri significativi da piú di dieci anni. Sono quattro personalità diverse con una radice comune. Sadako e sua madre sono rapide nel botta e risposta, Masako è piú cauta ma non timida, il padre è laconico. Forse il suo silenzio, pensa ogni tanto Sadako, è semplice stupore: i suoi nonni erano mezzadri e, guarda un po', queste sono le sue figlie. I genitori di Sadako sono ancora in salute, mobili e lucidi, anche se lei e Masako hanno notato che l'inglese della madre, che è stato sempre impeccabile, comincia a vacillare, un'insinuazione che lei respinge infastidita. Questa famiglia di quattro persone è la forma che Sadako conosce meglio. Si divertiranno con qualche gioco da tavolo bevendo sakè. I genitori si fermeranno per la notte e la sorella tornerà a Waltham, ma Sadako cercherà di convincerla a restare.

Anche il rapporto che ha con Tunde ha preso una forma stabile. Attrazione reciproca, intimità, fedeltà, gusti diversi ma una visione politica simile. Lei è analitica e a volte tempestosa; lui ama improvvisare ma, quando gli fa comodo, è inespressivo. Lui è piú ossessionato dalla musica, ma hanno in comune l'ammirazione per Coltrane. Sono abili nei numerosi microaggiustamenti che la convivenza richiede e in genere sanno cosa fare, come gestirsi quando l'analisi diventa troppo rigida o l'improvvisazione troppo caotica. La scelta di non avere figli aiuta, secondo lei.

Avrà fatto il check-in in aeroporto ormai. L'increspatura di settembre sembrava averlo preso alla sprovvista, ma il problema stava proprio lí, nel fatto che in un modo o nell'altro non aveva visto, non aveva percepito il montare della tensione. Lo ama per la sua intelligenza, per la sua gentilezza. E soprattutto ama il suo desiderio di essere buono. Ma il desiderio non è uguale alla volontà, e ogni tanto lei resta turbata da quanto sia poco consapevole delle proprie mancanze. Finora non ha mai usato la parola «arroganza». Hanno avuto una conversazione schietta quando è tornata dal breve soggiorno a casa di Masako. Erano d'accordo che l'increspatura non sarebbe dovuta diventare turbolenza e da lí è partita la conversazione. Avevano già attraversato molte turbolenze e nessuno dei due voleva riviverle.

Hanno parlato. Lui voleva un chiarimento. Tempo prima, le ha ricordato, lei gli aveva detto che nessuno le dava tanta gioia quanto lui e nessuno le causava tanto dolore. All'epoca era stato colto di sorpresa. Ora le voleva chiedere: era davvero cosí grave? Cosa mai poteva aver fatto di cosí terribile? Fa male perché sei prezioso, ha detto lei. Se gli fosse successo qualcosa, avrebbe sofferto piú che se fosse successo a qualcun altro, persino ai suoi genitori o a sua sorella. E per lo stesso motivo, per la profonda fiducia che ripone in lui, la profonda vulnerabilità che prova davanti a lui, in un certo senso essere ferita da lui era piú doloroso che essere ferita da qualcun altro. Sí, ha detto lui, ma cosa ho fatto? Qualunque cosa sia, ogni volta che succede conta di piú, ha risposto lei. Non era sicura di essersi spiegata, e ha cambiato argomento.

Ma, intuendo qualcosa di arrendevole sotto la sua confusione, ha tirato fuori un'altra cosa successa in passato. Un paio di anni prima gli aveva detto che non sembrava consapevole di come la vita poteva cambiare per una donna di quarant'anni, di cosa poteva alterarsi nel suo corpo e nella sua salute, di quello che poteva passarle per la testa mentre subiva quei cambiamenti. In quell'occasione, lui aveva fatto la cosa piú ovvia, cioè difendersi. Ma quando ha riportato a galla quella conversazione, Sadako ha notato un atteggiamento piú serio. Tunde ha ascoltato, fatto domande. Erano seduti sul divano. Lui le si è avvicinato per abbracciarla mentre lei cercava le parole giuste. All'inizio era spaventata, incapace di fidarsi della sua improvvisa attenzione, ma poi si è tranquillizzata, sapendo che anche tutto quello che c'era tra le parole veniva ascoltato. Non sapeva ancora come descrivere le piccole disperazioni che la turbavano, ma adesso capiva che lui poteva accettare quella difficoltà. La sua premura, la sua determinazione a fare di meglio, le davano calore. Nelle settimane successive, quel calore è diventato una nuova intimità, un'intimità che si è espressa in un contatto piú frequente, nell'esplorazione di mani, visi, corpi. Era nel sesso ma anche nei momenti in cui stavano sdraiati vicini, nudi. Quando ritrovi la strada verso l'altro, non riesci a credere di averla perduta.

L'abete caduto ha creato un vuoto in un angolo del giardino. Vuole rivitalizzare quello spazio con salvia, rosmarino, erba cipollina e timo e poi bordarlo con calendule e margherite. La scorsa primavera ha notato un po' di vuoti anche nell'aiuola. In ottobre ha piantato altri tulipani e giunchiglie. Lo scorso fine settimana ha piovuto, ma oggi è nuvoloso, caldo. All'inizio di maggio le aiuole saranno un'esplosione di colore. Prende il telefono e digita un'emoji: un cuore rosso. Ne aggiunge uno arancione, uno giallo e uno viola. Ci pensa un attimo e poi li cancella tutti e quattro. Scrive una frase del loro lessico privato – «Senza di te, perdo la testa» – e invia il messaggio. Poi ne invia un altro con i quattro cuori colorati. In cielo c'è ancora un lieve chiarore, ma la stanza ormai è quasi buia. I bulbi sono sepolti nella terra umida.

Durante il secondo anno di college, al dormitorio, Tunde aveva la stanza vicino a due ragazze. Teresa era spagnola e Hawa maliana e alla fine di ottobre di quell'anno entrambe avevano avuto ospiti. Non era chiaro da dove fosse venuta Madou, la cugina di Hawa. Il fidanzato di Teresa, Luis, originario di Siviglia, era arrivato negli Stati Uniti da Cáceres, dove frequentava l'università. Un sabato sera c'era stata una festa nella camera condivisa dalle ragazze. Vennero tirate fuori le chitarre. Sia Madou sia Luis ci sapevano fare e cominciarono a suonare insieme. Nessuno dei due parlava inglese. Comunicavano con sorrisi, cenni del capo e occasionali «aha» e si ritrovavano nella lingua degli accordi e delle improvvisazioni. Luis suonava con inflessioni di flamenco, Madou con note di rumba e highlife. Scambiandosi riff, assimilando le suggestioni dell'altro, insieme crearono una musica nuova, qualcosa che non si era mai sentito prima. Risate, euforia, incantesimo, un prodigio nato dal nulla. Tunde era commosso. Si ritrovò a immaginare una mappa e il ritmo che cambiava durante un viaggio dal Mali alla Mauritania, e poi all'Algeria, al Marocco e alla Spagna. Pensò a deserti infiniti attraverso cui i segreti della musica venivano trasportati con la stessa cura riservata all'acqua o all'oro, i musicisti pari a sapienti al corrente dei segreti per trovare le oasi e scavare i pozzi. Questo improbabile incontro in un dormitorio del Michigan stava ripercorrendo un tragitto straordinario dell'esperienza umana. La musica gli entrò nell'anima, lo fece vibrare e quando finí, mezz'ora dopo, lui ebbe la percezione di planare di nuovo sulla terra.

Sono passati ventisei anni. Ha dimenticato cosí tanto: facce, cognomi. Magari si è sognato tutto, ma non ha mai dimenticato quell'istante di paradiso musicale. Qualche mese dopo la visita di Madou e Luis, nella primavera del 1994, aveva accompagnato Selçuk in un negozio di dischi a Bronson, in centro. Selçuk aveva una profonda conoscenza della musica e un instancabile desiderio di predicare la sua passione. Quel giorno voleva acquistare *A Meeting by the River*, il progetto di Ry Cooder con V. M. Bhatt. L'acustica di quell'album è una cosa dell'altro mondo, aveva detto. Una sera, Cooder con la sua chitarra e Bhatt con la sua vina modificata si erano incontrati in una cappella del Texas rurale per la registrazione del disco, realizzata con pochi microfoni direttamente su nastro. Tunde era stato contagiato dall'entusiasmo di Selçuk e in seguito avrebbe trascorso molte ore ad ascoltare l'album. Ma quel pomeriggio, al negozio, gli capitò tra le mani un altro album con la partecipazione di Cooder, un nuovo disco intitolato *Talking Timbuktu* in cui chitarrista principale era Ali Farka Touré, che all'epoca Tunde non aveva mai sentito nominare. Forse era stato guidato dal ricordo di Madou e di Luis. Esaminò il cd. Diciotto dollari erano davvero tanti, ma sentí, con quella che gli parve un'intuizione mistica, che non poteva assolutamente permettersi di non portarlo a casa.

A volte, quando ascolta la musica alla radio o in streaming, è tentato di cercare il titolo del brano, ma resiste all'impulso e fa qualcos'altro: alza il volume o lo abbassa. L'importante in quei momenti è orientare l'attenzione su altro e rimuovere qualsiasi informazione che non sia musicale, qualsiasi cosa che possa ostacolare il contatto diretto con le note, e concentrarsi invece sull'esperienza immediata. Ognuno arriva a conoscere il mondo dal proprio punto di vista e non per questo è piú povero. Tutti noi interpretiamo la vita sulla base di piccoli eventi personali. A contare è l'esperienza diretta. È proprio partendo da quello che conosciamo, dal nostro vissuto, che possiamo spingerci verso una maggiore complessità. Quando è possibile, lui vuole ascoltare e ricevere la musica nel corpo prima di darle un nome.

Il canto è nato nei rituali, per separare il tempo sacro da quello ordinario. Rinsaldava la rete delle relazioni umane, rafforzando i legami tra la comunità e il suo universo. In seguito quello che si poteva fare con la voce si ampliò fino a includere gli strumenti. Dire che gli antichi traevano piacere dalla musica non significa che il piacere fosse lo scopo della musica. La musica aveva una valenza sacra, piú o meno come le pitture rupestri o le statuette scolpite, e come le arti visive si è evoluta a seconda delle esigenze delle società. E poi man mano, nel tempo sincopato che porta la rivoluzione là dove c'è terreno fertile, è arrivata a parlare delle gesta di avi deificati e di monarchi divini ed è diventata uno dei mezzi con cui i privilegi narrativi conquistati in battaglia venivano trasferiti da una generazione all'altra. Intimità e *grandeur*: entrambe intessute nella preistoria della musica, entrambe sopravvissute nel corso della storia. Tutto questo influenza il nostro modo di ascoltare ora, all'altro capo di quella storia. Il capitano annuncia il decollo imminente. Arriva un messaggio da Sadako, e poi un altro. Lui risponde come al solito – «Senza di te, perdo l'equilibrio» – e aggiunge l'emoji del bacio. Poi sistema le cuffie sulle orecchie e alza il volume.

Spesso, quando si lascia intrattenere dalla musica, si sente in colpa, come se avesse dimenticato o sbagliato qualcosa, come se avesse deluso qualcuno. Nei momenti in cui l'ascolto è superficiale, avverte una distanza tra quello che percepisce e il suo significato. C'è uno stato d'animo a cui a volte ha accesso e a volte no. Quel lontano incontro con Madou e l'acquisto di *Talking Timbuktu* hanno fatto sbocciare un amore che lo ha portato a infinite ore di ascolto di registrazioni e ad altrettanti concerti in vari Paesi nel corso degli anni. Ha acquisito una certa competenza in quella che negli Stati Uniti e in Europa chiamano «world music». Negli ultimi anni questo amore è cambiato leggermente. La musica del Mali (e della Guinea, del Gambia e di tutta la sfera di influenza culturale mandinga) non è piú qualcosa che semplicemente gli piace molto: ora è un amuleto acustico che allontana il male. La musica lo protegge. Ma sarà vero? Non c'è forse qualcosa di debole in questa idea come reazione a una realtà palesemente insopportabile? Ma lui sa che è cosí, sa che la musica lo difende, è uno schermo di cui è difficile parlare senza dare l'impressione di riferirsi a qualcos'altro. La protezione che gli offre è solo per lui, e parla lingue che non conosce ma che comprende emotivamente. Queste lingue gli dicono che, nella realtà materiale in cui esiste, il suo spirito non si nutre al meglio. La sua realtà materiale si trova nel cuore della cultura bianca. Lui è al centro di questo mondo e vi prospera, non senza qualche dubbio, non senza una certa vergogna. Ma sa che può farlo solo perché c'è un'altra vita in cui ha affondato le radici, una vita a cui ha accesso attraverso la lingua, la danza, la musica. Ha cercato di parlarne e ha fallito, forse come potrebbe fallire Mau Piailug nel descrivere la sua esperienza del mare o come potrebbe fare lui stesso nel raccontare perché Mau è tanto significativo per lui. Ha notato che, quando tenta di spiegare l'esperienza di questa musica, le sue parole vengono accolte come categorie: la categoria della musica come intrattenimento, la categoria dell'interesse antropologico, la categoria del buon gusto, la categoria delle scelte insolite, la categoria della solidarietà razziale, la categoria dell'estraneità in casa d'altri. Vorrebbe opporsi a tutto questo, vorrebbe dire che intende trasmettere esperienze e non categorie, ma non riesce mai a trovare le parole piú adatte, con il giusto grado di intensità. Ma perché dovrebbe voler tradurre per altri il pensiero che gli sta accadendo qualcosa di intraducibile? Lasciamo che l'intraducibile rimanga intraducibile. Che la cosa che lo fa sentire meno solo rimanga una delle cose in cui si sente piú solo.

Il suono del kamale ngoni, della njarka, della kora, della chitarra, del balafon, di certe voci intrise di gesti che risalgono, si dice, ai tempi di Sundjata Keïta. Ogni volta che sente quei suoni si ritrova in Mali, pur non essendoci mai stato. Viene riportato al suo posto nella rete del tempo, viene messo in contatto con i suoi antenati. Com'è possibile, visto che i suoi veri antenati non vengono dal Mali? Il suo popolo è yoruba e quindi lui fa appello anche a quella tradizione per ottenere un aiuto ancestrale. Ma la discendenza è una foresta di sentieri che si biforcano.

Quella dei suoi genitori e dei loro antenati è una verità ancestrale. Tunde appartiene alla stirpe di Esude. Un'altra verità ancestrale è il modo in cui le cellule del suo corpo rispondono quando una certa musica entra in lui. Tutto quello che vorrebbe dire sulla sua esperienza del mondo è racchiuso in certe canzoni, che non sono popolari dove vive né conosciute da chi lo circonda. Alla sua morte, la persona incaricata dei preparativi saprà che musica mettere? Persino Sadako, se dovesse sopravvivergli, avrebbe solo un'idea vaga dell'intensità con cui lui si identifica con certi suoni, e sicuramente è vero anche l'opposto: lui conosce solo a grandi linee quale musica la nutre nel modo piú intimo e profondo. Nei sei minuti e sei secondi di *Fanta Barana*, con il tenore svettante e imperfetto di Lafia Diabaté, accompagnato dalle melodie ondeggianti delle chitarre acustiche di Djelimady Tounkara e Bouba Sacko, in quel pezzo mid-tempo registrato in un ambiente caldo e naturale a Bamako in una notte del 1993, ha l'impressione che il lampo di quell'altra notte del 1993 al Bronson College con Madou e Luis sia stato catturato in una bottiglia. La musica lo interpreta. Quella voce ombrosa e quelle chitarre non amplificate tracciano i contorni del suo corpo e lui si sente di nuovo leggibile a se stesso. Quello che perde di vista per lunghi periodi nel bagliore della sua vita diventa di nuovo visibile. Non conta cosa verrà suonato al suo funerale, importa solo quello che ha ascoltato in vita, quello che sta sentendo ora mentre i motori dell'aereo iniziano finalmente a rombare e la cabina si oscura.

Fuori fa caldo, ma l'hotel è rinfrescato da condizionatori invisibili. L'atrio enorme risuona del ronzio basso di chiacchiere pacate. Una persona su due porta occhiali scuri. I pavimenti sono di un marmo biancastro e oltre l'ingresso c'è un salottino con i divani rivestiti in tessuto bogolan bianco e nero. Uomini d'affari in giacca e cravatta e in abiti tradizionali vanno e vengono. Una donna con un magnifico boubou rosa passa davanti alla reception e si dirige verso gli ascensori, seguita da un uomo in abito nero che spinge un carrello con tre valigie. Gli alberghi sono luoghi di potere e un hotel come il Grand Bamako lo è soprattutto per il netto contrasto con il mondo esterno. Fuori ci sono donne che vendono cibo, tassisti che aspettano clienti. Ma anche nell'atrio lui si sente diverso: il passaporto americano, il check-in in inglese, la giacca leggera di colore chiaro, la sciarpa viola.

Gli piace arrivare in un posto ed essere portato dall'aeroporto all'hotel, ricevere una tessera magnetica, prendere l'ascensore ed entrare in una stanza che è quasi identica in qualsiasi parte del mondo si trovi. L'uomo alla reception del Grand Bamako gli dice che la sua stanza non è ancora pronta. Tunde chiede dove può pranzare e il tizio gli indica il ristorante dell'hotel dietro il salottino, sull'altro lato della hall. Lascia il bagaglio alla reception e, attraversando l'atrio, vede tre uomini bianchi, alti, in mimetica, ritti accanto agli ascensori.

La sera si sveglia da un pisolino. La sua vecchia amica Naïny viene a prenderlo in albergo e applaude tutta emozionata quando lo vede attraversare l'atrio. Viveva a New York nello stesso periodo in cui c'era lui e poi si è trasferita a Madrid. Insieme escono dall'hotel e vanno verso i taxi. Il tassista che scelgono, giovane e volenteroso, si chiama Adama. A trattare è Naïny, che parla un ottimo francese. Mentre attraversano il Niger nell'auto malconcia di Adama, Tunde sente il cuore gonfiarsi. Non ha mai visto il Niger prima d'ora, nemmeno da un aereo, e questo è il fiume che ha dato il nome alla Nigeria, il fiume da cui ha avuto origine la storia dell'Africa occidentale. Il ponte è affollato al crepuscolo, pieno di taxi e motociclette. Quando Adama li lascia alla mensa dell'istituto d'arte, Naïny prende il suo numero di telefono.

Lí ci sono molti degli artisti e dei curatori arrivati in città per la Biennale di fotografia. Vengono dagli Stati Uniti, dalla Spagna, dalla Francia, dalla Germania, dalla Nigeria, dal Ghana. Tunde ne conosce parecchi. Laurie, che è arrivata da Parigi, fa subito il giro del tavolo per stringerlo in un abbraccio. Dalla cucina portano il cibo, si ride tanto e la serata sembra già un bel ricordo anche mentre si svolge. Seduto al lungo tavolo della mensa, Tunde ha una visione di se stesso a un tavolo di Bamako. L'illuminazione è bassa. Un murale scrostato alle pareti raffigura scene epiche con un fiume, un villaggio, un assedio, una serie di torrette. È tardi quando Naïny chiama Adama perché venga a prenderli. Adama accompagna Naïny al suo albergo e poi riporta Tunde al Grand. Mentre si avvicinano all'hotel, Tunde riesce a dire qualcosa nel suo francese stentato; appena parla di musica, Adama dice che di cognome fa Tounkara e che il grande chitarrista è suo zio. Uno zio lontano, ma Tunde è comunque sorpreso. Adama dice che in Mali i clan sono enormi e tante famiglie sono legate tra loro. Quando torna nella sua stanza, Tunde sente il bisogno di riascoltare Djelimady Tounkara e sceglie *Bastan Toure* dall'album *Bajourou*. Quel brano gliene ricorda un altro, quindi va su YouTube e inizia ad ascoltare una serie di interpretazioni di *Nanfoulé*, uno dei classici del repertorio mandingo. Il suo jet lag si è trasformato in una veglia ostinata. C'è la versione tanto bella da far male di Diaou Kouyaté, con chitarre e kora. C'è l'interpretazione rockeggiante mid-tempo di Mah Kouyaté, c'è quella di Mory Djely Kouyaté con un pianista francese, ci sono versioni di Manda Sira, Kani Dambakaté, Fatoumata Kamissoko. Continua a cercare. C'è il grande Kanté Manfila in uno spezzone televisivo registrato male. C'è l'energica versione pop di Mory Kanté. Questi nomi, queste voci, gli toccano il cuore: essere qui, in Mali, in contatto con qualcosa che lo affascina da tempo, è una gioia cosí intensa che il suo cuore è appesantito dalla malinconia. Ascolta la versione intensa che la celebre cantante guineana Mahawa Kouyaté ha registrato all'inizio degli anni Ottanta. Ed è nelle nebbie del suo incantesimo che il sonno lo raggiunge.

Quel viaggio non era programmato. Doveva essere a Santiago, ma è scoppiata una rivolta e i cileni sono scesi in piazza a centinaia di migliaia per chiedere una vita migliore. Cosí la sua conferenza è stata rimandata e all'ultimo momento ha deciso di andare a Bamako. La Biennale è un buon pretesto, ma in verità il desiderio di andare in Mali era antico. Ha poco meno di una settimana da dedicare al viaggio, tra le lezioni del martedí prima e dopo il giorno del Ringraziamento.

Il volo è via Parigi, come la maggior parte dei voli internazionali per Bamako. Ma ora, a Bamako, ricorda la sua ultima volta a Parigi, in estate. Era andato al Louvre con Laurie. Erano usciti dalle piramidi di vetro nel tardo pomeriggio. Quel giorno, passeggiando per Place de la Concorde mentre Laurie era al lavoro, Tunde aveva visto degli uomini che vendevano souvenir. Tra gli oggetti in vendita piú comuni c'erano delle torri Eiffel in miniatura pressofuse. Le file di piccole torri su lenzuola bianche e il fatto che tutti i venditori fossero neri gli avevano ricordato una fotografia stupenda realizzata proprio in un contesto simile da Alessandra Sanguinetti. La fotografia di Sanguinetti mostrava un braccio che si protendeva dal lato destro dell'immagine per posizionare una piccola torre Eiffel su un telo bianco steso sulla ghiaia sabbiosa. Due angoli del telo erano fissati a terra da piccole torri e in mezzo, al centro dell'immagine, c'era un ammasso di torri di varie dimensioni e finiture: peltro, ottone, dorate, nere. Era una foto semplice ma memorabile, compatta come un kōan. Davanti a uno scenario identico, Tunde avrebbe voluto scattare una foto che rimasse con quella di Sanguinetti, ma non aveva la macchina fotografica, solo il telefono. Ci aveva provato comunque, attirato dal gioco delle dimensioni e dal ritmo visivo. I venditori non gli avevano prestato la minima attenzione mentre scattava. Visto che nessuna delle foto gli sembrava interessante, si era allontanato.

Piú tardi, quando era uscito dal Louvre con Laurie, aveva visto un altro gruppo di venditori. Questa volta, anziché su teli stesi a terra, avevano le torri Eiffel appese a grappoli alle braccia. Quasi d'istinto, Tunde aveva estratto il telefono e scattato due foto, consapevole che sarebbe stato ostacolato dai limiti dello strumento. In ogni caso non si era dato abbastanza da fare per risolvere il problema visivo e permettere alle sue immagini di funzionare da sole. Di rado gli capitava di scattare una foto in fretta e poi pensare che valesse la pena di conservarla. Quasi sempre ci volevano tempo e attenzione. Ma la consapevolezza del fallimento non gli impediva di scattare foto affrettate, di tanto in tanto.

Mentre Laurie si voltava per chiedergli se aveva idea di dove andare a cena, qualcuno lo aveva afferrato per un braccio. Per un secondo aveva pensato che volessero derubarlo, ma si era trovato davanti il venditore di torri Eiffel appena fotografato. Tunde si era liberato dalla sua presa. L'uomo era alto, magro e molto scuro, e aveva gli occhi fuori dalle orbite tanto era arrabbiato. Aveva ordinato a Tunde di cancellare le foto. Colto di sorpresa, Tunde era rimasto in silenzio, poi si era rifiutato di obbedire, spiegando che aveva fotografato gli oggetti, non il suo viso. L'uomo aveva afferrato di nuovo il braccio di Tunde e i suoi compagni erano arrivati a dargli manforte, a soffiare sulle braci. Tunde ripeteva che non lo aveva fotografato in viso. Gli uomini gli avevano chiesto il telefono e a quel punto Laurie era intervenuta in un francese rapidissimo. Tunde si era liberato dalla presa dell'uomo, il quale aveva continuato a gridare, tanto che mentre si allontanavano erano stati investiti da alcune gocce della sua saliva.

Considera questi uomini come fratelli. Ogni volta che vede dei venditori ambulanti neri in Europa, sente di essere dalla loro parte, contro tutte le ostilità che subiscono. O almeno questa è la storia che si racconta. Ma per quest'uomo al Louvre non era un fratello. Che differenza faceva che Tunde fosse nigeriano, Laurie afroamericana e lui probabilmente senegalese? L'uomo non vedeva altro che un nemico di classe. Vendere souvenir al Louvre vuol dire condurre un'esistenza precaria e forse non aveva documenti, forse faceva parte di una rete che lo schiavizzava. Qualunque cifra guadagnasse in quelle lunghe giornate sotto il sole era sicuramente misera. Perché qualcuno avrebbe dovuto fotografare lui, la sua mercanzia? Era furioso non solo perché una foto avrebbe potuto metterlo in pericolo, ma anche perché non gli veniva dato niente in cambio. Tunde non aveva comprato nulla, non aveva chiesto il permesso di fotografarlo, né pagato per averne il diritto, né tantomeno ci aveva pensato. Era un estraneo che lo aveva ignorato prendendo qualcosa, come i ricchi prendono quello che appartiene agli altri e poi si stupiscono quando vengono contestati. Prendere. È questo che fanno i ricchi. Prendono, prendono, prendono.

Come si può vivere senza possedere gli altri? Per chi è fatto questo mondo? I bianchi ci hanno insegnato che il mondo può essere dominato con la religione e con la guerra, collezionato per piacere e per motivi di studio, esplorato viaggiando, posseduto da chiunque abbia voglia di rivendicarne e difenderne la conquista. Si può vivere senza cannibalizzare le vite degli altri, senza ridurli a mascotte, oggetti affascinanti, semplici termini nella logica di una cultura dominante? Piú vasti sono i suoi interessi per il mondo, piú urgenti diventano queste questioni. «Fotografia di viaggio», «letteratura di viaggio»: sono diventate espressioni senza vita e lui non può resuscitarle. Mentre vaga per la Medina Koura nel centro di Bamako con la macchina fotografica in mano, si chiede cosa possano essere le foto di un posto del genere. Spesso dice ai suoi studenti che non esistono buone fotografie, soprattutto se il giudizio si basa solo sulla bellezza dell'immagine. Conta chi ha fatto la fotografia, spiega, e che vita avrà l'immagine dopo l'istante in cui è stata scattata. A volte gli studenti non sono d'accordo. Sta forse dicendo che un bianco non può fare foto in Africa? Non è forse diritto dell'artista obbedire agli impulsi creativi interiori da cui nasce qualsiasi opera d'arte di valore? E lui rigira la domanda: chi vi ha insegnato che i vostri diritti sono piú importanti di quelli degli altri? Le scuse addotte per l'esposizione dei corpi africani gli sono familiari. A volte sono rozze e poco convincenti, altre volte seducenti. Un noto fotografo bianco realizza opere che sfruttano in modo beffardo i corpi neri, ma nel presentarle sottolinea sempre che mirano a «rovesciare gli stereotipi». Nella fotografia contemporanea regna il vampirismo di sempre, ma ora è furbescamente accompagnato da una bella didascalia.

A Bamako, Tunde riceve un'e-mail da Lucas, tuo figlio. Si sono incontrati solo una volta, anni fa, e ora Lucas gli scrive, all'improvviso. Lui e la sua famiglia si sono appena trasferiti a Boston e, chiedendo se Tunde abbia dei consigli sulla vita in New England, propone di vedersi per pranzo. Ma l'incontro avrà poco a che vedere con i consigli, pensa Tunde. Servirà, e lo sanno bene tutti e due, a soddisfare una curiosità. Uno cerca di conoscere la persona che era cosí vicina al padre, l'altro vuole sapere qualcosa sul figlio di un caro amico scomparso da tempo. Tunde risponde proponendo di incontrarsi all'inizio di dicembre o altrimenti in gennaio. Lucas accetta calorosamente e lí i due sospendono la corrispondenza.

Fa caldo in città. I negozi hanno nomi come Coulibaly, Kanté, Touré, Traoré, Keïta, nomi che gli sono familiari, nomi di musicisti, calciatori, studiosi e artisti che ha scoperto nel corso degli anni, nomi che gli ricordano un mondo che gli è affine ma da cui è sempre stato lontano; ed eccoli nel loro contesto ordinario, sulle insegne dei negozi e sui cartelloni pubblicitari, la realtà materiale del sogno che fa da quasi trent'anni. Va alla Biennale e davanti a una delle sedi vede altri uomini bianchi in mimetica. Questi sono serbi, li riconosce, fanno parte dell'unità antijihadista comandata dai francesi che presto verrà spedita a nord. In quell'angolo remoto del Mali sganceranno bombe di cui nessuno renderà mai conto. Uccideranno persone per le quali non verrà scritto nessun necrologio.

Al mercato c'è un gran baccano e le cose sono disposte sulle bancarelle in una maniera che dà prova di vari sistemi per arrangiarsi e sopravvivere. È giusto chiamarla precarietà, ma è anche giusto pensarla in modo diverso e chiamarla abilità. Quando vede delle arance esposte su un sacco di plastica a terra, finalmente fa una foto. E poi ne fa un'altra, a dei coccodrilli ornamentali su un cancello monumentale vicino alla vecchia stazione ferroviaria. In quei giorni lui e Sadako si scrivono, sono di nuovo nel loro elemento, a proprio agio. Lui le manda un ritratto che gli ha fatto un fotografo itinerante. Lei gli risponde dicendo che nel ritratto sembra davvero felice e che questo la rende felice. In cambio gli manda una foto di se stessa durante una giornata sugli sci nel Vermont in compagnia di amici.

Dopo cena Tunde cerca di capire dove si può ascoltare musica dal vivo. Non è facile, non è a Lagos o a Dakar. Dopo il tramonto, Bamako è sonnolenta anche di venerdí. La città resiste al turismo in un modo che apprezza. Chiede aiuto a Laurie e Naïny e dopo qualche ricerca gli viene segnalato un posto chiamato Chameleon Club, in un quartiere residenziale appena fuori dall'Avenue de l'Indépendance. Laurie si sbarazza di un curatore tedesco che non vogliono con loro, e subito dopo chiamano Adama. E il tassista, che è chiaramente al settimo cielo per questi giorni di lavoro fisso, li porta al locale.

Prima del viaggio Tunde aveva letto tutto quello che poteva sul Mali. La parola ricorrente negli articoli era «povero» e ogni volta che la incontrava aveva l'impressione che quel termine opprimesse sia lui sia il Paese. Povero di cosa? Da nessuna parte si facevano collegamenti tra la povertà del Mali e la ricchezza della Francia. Eppure alla Medina Koura aveva assistito a una manifestazione che chiedeva ai francesi di andarsene e spronava l'élite maliana a servire il proprio popolo invece dei governi stranieri. Anche se nella stampa occidentale non figura, la rabbia per la relazione asimmetrica tra Mali e Francia è palpabile nelle strade di Bamako. Qui la ferita coloniale è piú viva che in Nigeria, dove è una preoccupazione meno pressante e la gente non scende in strada per chiedere agli inglesi di smetterla di interferire.

Quando arrivano al Chameleon Club la strada è deserta. Sotto un albero di fronte all'edificio basso siedono due uomini mezzo addormentati. Ma vicino all'entrata Tunde sente il feedback di una band amplificata. Dentro c'è un cortile circondato da un porticato coperto. Una decina di avventori sono seduti sotto il porticato, con grappoli di bottiglie di birra vuote sui tavoli. La band sul palco, dominata da una chitarra elettrica, sta suonando un pezzo che lui riconosce subito, una cover di *Titati* di Bako Dagnon. La cantante è una giovane donna avvolta in un maestoso tessuto «Guinea» viola (è cosí che si chiama in yoruba quel lucido cotone tinto, ma Tunde non sa come si dice in bambara). Un murale sulle pareti poco illuminate ritrae i grandi della musica maliana contemporanea: Toumani Diabaté, Kassé Mady Diabaté, Ali Farka Touré, Salif Keïta, Bako Dagnon, una specie di *hall of fame*. I nomi sulle insegne dei negozi e ora questi volti: la familiarità è per lui un ritorno a casa, ma è anche inquietante. La musica che sgorga dal palco è troppo alta, pensa all'inizio, ma ben presto la vive come un'immersione. Non è un set acustico in un bar, non è un piacevole sottofondo, non è la coppia di suonatori di kora che ha visto la sera prima a un evento della Biennale, la cui delicata versione di *Salimou* è stata soffocata dalle chiacchiere dei presenti. Qui al Chameleon arriva a pensare che una certa idea di vita richieda un certo volume. La voce della cantante racchiude secoli di tradizione, le dita del primo chitarrista danzano su note cariche di feedback, il bassista insiste su un groove che avanza senza inutili sforzi e il tastierista non vedente picchia sui tasti come se stesse suonando il balafon.

Un'ora dopo la giovane donna inizia a cantare *Nanfoulé*. A volte la vita è in vena di coincidenze e non ti lascia andare. Naïny va in mezzo al cortile e inizia a ballare. Si dice che la canzone sia stata composta negli anni Quaranta sotto il dominio coloniale da un djeli che era stato arrestato e torturato dai francesi. «Liberatemi», cantava, «toglietemi queste catene». L'interpretazione di questa cantante è intensa, piena di desiderio. Abbassa la voce, poi fa un'impennata prima di scendere di nuovo, con un controllo perfetto, in un registro piú basso. Naïny si appoggia a quella voce come una barca sul mare, una voce piú grande di lei, una voce a cui si è arresa. È una performance che conforta e al contempo devasta. Alla fine Tunde va dalla cantante a congratularsi per la sua voce e a dirle che sentire una canzone a cui aveva pensato è stata una bellissima sorpresa. Le chiede come si chiama e quando lei, che ora sembra molto piú giovane di quanto non gli fosse parsa sul palco, risponde «Bako Dagnon», Tunde pensa che il suo francese zoppicante sia stato frainteso. Riformula la domanda. La cantante, sorridendo, ripete il nome e dice che la famosa Bako Dagnon, morta qualche tempo prima, era sua madre. Stupefatto, lui non riesce a fare altro che aprire il portafoglio e dare alla giovane Bako ventimila franchi Cfa.

Le vite degli altri. Non sono accessori, non sono simboli, non sono da collezionare. Lo sapranno i soldati bianchi negli alberghi? Li avrà mai sfiorati l'idea di credere alla vita che vedono intorno a loro, sempre che la vedano? Ma pensare a quegli uomini, alla loro ingordigia, alla loro stregoneria, equivale a usare male il suo tempo qui. Pensa invece, dice a se stesso, a tutte le persone che vivono nella Medina Koura, immaginale nelle loro case, nei loro letti, pensa alle ansie quotidiane per l'istruzione dei figli. Pensa ai loro risparmi nascosti e ai loro meravigliosi sotterfugi, alla loro religione e alle loro trasgressioni, alla loro necessaria severità, al calore delle loro famiglie e alle consolazioni intraducibili della loro vita.

La vita di Sundjata Keïta, leggendario fondatore dell'Impero del Mali, ha la forma e il ritmo del mito: l'eroe improbabile che rimane nel grembo della madre per dodici anni; l'eroe che secondo la profezia dovrebbe salire al trono e che il vecchio re cerca invano di uccidere in tenera età; l'eroe che si rifiuta di camminare fino all'età di quattordici anni e che un giorno si issa in piedi aggrappandosi a un baobab e lo sradica. Sundjata è musulmano ma è immerso nel mondo della magia e la forza della sua storia nasce dall'incontro tettonico tra queste realtà. La spinta narrativa dell'epopea, resa in modi diversi da djeli diversi, culmina sempre nello scontro di Sundjata con il suo nemico Sumanguru, signore dei Sosso. E questa battaglia è condotta e vinta non con la semplice forza delle armi, ma con l'abilità nelle arti magiche.

Quasi tutte le versioni della leggenda di Sundjata attribuiscono alla sorella il merito di aver usato uno stratagemma per aiutarlo a sconfiggere Sumanguru. Le fonti concordano sul fatto che fosse famosa per la sua bellezza, ma non sul suo nome. Banna Kanute la chiama Nene Faamaga; Bamba Suso, Nyakhaleng Juma Suukho. A ogni modo, si offre in sposa a Sumanguru, ma in camera da letto, la notte del matrimonio, non si lascia toccare e lo tempesta di domande sul segreto della sua forza. Le domande servono a testare l'amore e il desiderio che nutre per lei.

La sera dopo Tunde torna al Chameleon Club in compagnia dei suoi amici e di Paul, il fastidioso tedesco di Laurie, che si rivela meno fastidioso di quanto pensavano. La sera successiva tornano con un gruppo ancora piú numeroso. Di giorno esplora la città, guarda le fotografie esposte alla Biennale, assiste a proiezioni e conferenze, scatta foto, ma arriva a capire che il vero motivo della sua presenza a Bamako sono quelle notti al Chameleon Club. A prescindere dalle dimensioni del pubblico, ha la sensazione che i musicisti suonino solo per lui. I clan sono piú evidenti di quello che aveva previsto: assiste a esibizioni della cugina di Oumou Sangaré, del fratello di Toumani Diabaté, del fratello di Kassé Mady Diabaté. Vede queste famiglie nelle loro reti allargate, è testimone di quanto la maestria sia una questione d'onore per queste persone che fanno musica con la naturalezza di chi fa qualunque altra cosa al mondo. No, non suonano per lui, suonano per se stesse e lui è stato invitato ad ascoltare.

La terza sera il locale è gremito, la musica è perfetta per ballare e Tunde si fa travolgere, incapace di trovare le parole per descriverla. Ogni tanto, mentre balla, pensa a come ti avrebbe raccontato questa esperienza. Pensa a come ti avrebbe descritto la squisita sensazione di mente incarnata che ne è alla base. A ballare non eri granché, ma ad ascoltare sí, e Tunde vorrebbe poterti raccontare di questa sera. Il pensiero gli passa per la testa, leggero come l'ombra di una foglia che cade.

Le notti al Chameleon gli ricordano anche qualcos'altro. Qualcosa di forse piú modesto, ma «modesto» è la parola sbagliata per qualcosa che a suo modo è cosí speciale. Nell'agosto del 2001 Tunde era appena tornato da Londra e tu eri arrivato a New York da Chicago per due settimane di ricerca. Ti aveva detto che la sua relazione con Sandro era finita da poco. Sapendo che Ali Farka Touré sarebbe venuto in città per una delle ultime tappe del suo tour di addio, avevi comprato i biglietti senza nemmeno chiedere a Tunde, una spesa che lui non si sarebbe potuto permettere ma che valeva la pena di fare perché nessuno di voi due aveva mai visto Ali Farka Touré dal vivo. Tu amavi la musica, ma sapevi che lui l'amava ancora di piú: era stato lui a fartela conoscere. La musica era il nucleo emotivo della vostra amicizia. Quando vi capitava di trovarvi nella stessa città, cercavate sempre di andare a qualche concerto e nel corso degli anni ne avevate visti di straordinari: Ahmad Jamal e poi Lizz Wright a Chicago, Alfred Brendel a Londra. La musica era uno dei luoghi in cui vi incontravate. Non puoi essere a Bamako ora, non puoi essere da nessuna parte, ma eravate a New York allora, quando eri ancora nel tessuto del tempo. Quella sera Afel Bocoum, collaboratore di lunga data di Touré, aveva aperto con alcuni pezzi tradizionali e poi il maestro in persona era salito sul palco e aveva fatto un po' di battute prima di lanciarsi nel concerto. La sua chitarra pesantemente elettrificata, dal suono quasi surf rock, aveva evocato gli spiriti e riempito l'auditorium. E quando aveva messo da parte la chitarra e si era messo a suonare la njarka, lo strumento che aveva imparato da solo prima della chitarra, il senso di divinazione era diventato ancora piú intenso. Avevate trattenuto il respiro, seguendo il lamento di quella specie di violino monocorde. Centinaia di sconosciuti stavano vivendo un'esperienza collettiva. Il confine tra questo mondo e l'altro si era dissolto.

Qualche anno dopo, quando aveva saputo che Ali Farka Touré era morto, ti aveva scritto. Per caso, il giorno prima aveva ascoltato *Niafunké* per ore, ti aveva detto. Queste coincidenze gli capitavano sempre. Tu gli avevi risposto. Poi al telefono avevate parlato a lungo della sera del concerto a New York. Lui aveva raccontato che il corteo funebre di Touré a Niafunké era stato travolto da un'enorme tempesta di polvere. Tu avevi detto che i jinn stavano piangendo o accogliendo a casa uno dei loro. Sono queste le cose che diciamo sulla morte a chi ci è piú vicino. Parliamo cosí perché il presente è infinito, sempre infinito, se si considera tutto quello che non ci è ancora dato sapere.

La sorella di Sundjata dice a Sumanguru che è perplessa. Perché ogni esercito che combatte contro di lui soccombe? Sumanguru racconta che suo padre è un jinn e che è stato concepito da due donne. Quando cresceva dentro una, lei era in salute e la seconda malata; quando era nella pancia dell'altra, lei era in salute e la prima malata, e cosí le madri si erano alternate finché una non l'aveva partorito. La madre naturale, sentendo dall'esterno della stanza che il figlio racconta queste cose, lo mette in guardia, diffidandolo dal rivelare tutti i suoi segreti a una «donna da una notte». Ma in camera da letto le persone sono imprevedibili. Sumanguru dà alla vecchia del vino di palma per farla dormire, cosí non potrà piú interferire.

Sumanguru racconta alla sorella di Sundjata tutto o quasi. Come uccidere il padre jinn, cosa succederebbe se il regno venisse invaso. In quel caso, lui diventerebbe un turbine. Se l'esercito entrasse nel turbine con le spade, lui diventerebbe una palma a ventaglio africana. Se cercassero di abbattere la palma, lui diventerebbe un formicaio. Se cercassero di distruggere il formicaio, lui diventerebbe un cucu... A metà frase si blocca e cerca di afferrare la sorella di Sundjata, ma prima che possa toccarla, lei si ritrae e scappa dal palazzo. Ed è cosí che si svolge la battaglia finale, con Sundjata che attacca con la magia e Sumanguru che cambia forma, da turbine a palma a formicaio, fino a diventare un cuculo del Senegal e volare via. È cosí che Sumanguru fugge, perché non finisce di rivelare la sua forma finale di cuculo del Senegal alla sorella di Sundjata ed è cosí che Sundjata Keïta si impadronisce del territorio dei Sosso e sale sul trono del regno mandingo.

Il giorno prima di partire Tunde va al Grand Marché con Laurie e compra un paio di ci wara in ottone. Non sono eleganti come quello di legno preso nel Maine e nemmeno lontanamente paragonabili alle sue dimensioni, visto che non arrivano ai trenta centimetri. Ma li ha trovati a Bamako, quindi gli sembrano dei talismani. Sono stati prodotti per il commercio turistico, non c'è dubbio, e questo è l'aspetto che gli piace di piú, perché ora lo scambio è trasparente, corretto. Compra una borsa di cuoio fatta a mano per Sadako. Laurie conosce bene il Grand Marché e lo porta dal suo mercante di stoffe preferito. Nel negozio c'è un grande telo decorativo realizzato al telaio che potrebbe essere usato come arazzo o copriletto. Ha un motivo a strisce rosse, gialle e verdi con un reticolo bianco e nero al centro. Il venditore è un uomo anziano dall'aria placida e sofisticata. Ha un pizzetto bianco e indossa una lunga tunica blu. Racconta a Laurie e Tunde dei suoi viaggi a San Francisco, St Louis, Parigi. La sua calma è in netto contrasto con l'energia nervosa dei giovani del mercato, aggressivi con tutti i potenziali clienti. Laurie aiuta Tunde a contrattare. Il tessuto è spesso, magnifico. Il vecchio abbassa un po' il prezzo, ma non vuole scendere sotto i centomila franchi Cfa. È sicuro della qualità della sua stoffa e Tunde, affascinato dalla sicurezza del vecchio, la compra.

L'ultima sera piega con cura il grande telo vivace e infila i due ci wara metallici tra le sue pieghe. L'indomani Adama Tounkara lo accompagnerà all'aeroporto. Non importa dove uno abita, se è un posto freddo o caldo, se è povero, se è lontano (lontano da dove?): conta solo la gente. Conta solo l'accompagnamento. Ma neanche questo è un pensiero conclusivo. Cosa significa stare con la propria gente? Poter viaggiare per andare a trovarla? Oppure averla vicino, dall'altra parte della città o alla porta accanto? Significa telefonate, messaggi, videochiamate? La sua gente. Non solo quelli che ama, ma anche quelli con cui vorrebbe costruire una vita. In presenza dei quali sente che sí, questa è vita. Ma un attimo, non è solo questo che conta. Anche bastare a se stessi conta ed è altrettanto importante. Essere integri e popolati, in armonia.

Sente che questo viaggio gli sta facendo bene e non vuole partire, non ancora. Vorrebbe poter andare a nord-est di Bamako, attraversando il Sahel e arrivando fino a Timbuctú. L'avrebbe fatto, se nel Paese non ci fosse un'atmosfera cosí pericolosa. Sarebbe passato per le terre tradizionali del popolo Dogon nella regione della falesia di Bandiagara. Dalle loro case sulla falesia, i Dogon hanno studiato il cielo per secoli, seguendo con attenzione i movimenti della luna, di Saturno, di Giove e di Sirio A, la stella piú luminosa del nostro cielo. Non sappiamo ancora come questi antichi astronomi siano stati in grado, senza telescopi né attrezzature moderne, di avvistare e teorizzare l'esistenza di Sirio B, la stella compagna di Sirio A. Piú fioca di Sirio A di vari ordini di grandezza, Sirio B è invisibile a occhio nudo. Secondo una teoria, gli astronomi dogon sono partiti dall'idea che una stella come Sirio A non potesse essere sola, arrivando cosí, senza strumenti specifici, a dedurre l'orbita di Sirio B. La seconda stella è lí perché, secondo i loro principî cosmologici, deve esserci. La duplicità è una condizione primaria. Chinua Achebe diceva: «Dove c'è qualcosa, c'è qualcos'altro che lo affianca». Ali Farka Touré cantava: «Il miele non ha un buon sapore in una bocca soltanto».

Cinque

Stiamo registrando? Sí? Bene. Ancora una volta buonasera a tutti e un grazie di cuore a Rae Fazlizadeh per la sua magnifica presentazione. Non posso sperare di essere all'altezza, ma con le presentazioni va cosí. Grazie, Rae.

Comincerò con uno dei dipinti piú noti della collezione, un'opera che mi sorprende ogni volta che sono qui. Ho ben presenti molte altre opere, ma è come se la mia mente cancellasse questa finché non arrivo in una grande sala in cui ci sono tanti dipinti meravigliosi. A seconda del punto da cui entro, la vedo in fondo oppure all'improvviso alla mia sinistra e solo in quel momento me ne ricordo, eccola qui. Il dipinto mi afferra con una presa sgradevole. Sto parlando di *La nave negriera (Mercanti di schiavi che gettano in mare i morti e i moribondi – Tifone in arrivo)* di J. M. W. Turner. Nessun incontro con questo dipinto può essere piacevole. I dettagli sono terribili e il titolo completo guida il nostro sguardo, suggerendo di concentrarci sul macabro primo piano e poi sulla bufera che monta in lontananza. Il titolo contiene una gran quantità di informazioni, come se parlasse da solo, in preda alla frenesia o alla paura. In effetti, sia il dipinto sia il titolo sono eccessivi, traboccanti. E forse è proprio questa sensazione di eccesso, di oscena sovrabbondanza, a farci rimuovere di continuo che è proprio qui, dietro l'angolo, poco piú in fondo. Dimentichiamo *La nave negriera*, dobbiamo dimenticarla, come dobbiamo dimenticare molte cose difficili con quel tipo di oblio che ci permette di continuare a vivere.

Qui voglio interrompermi per una breve ma fondamentale considerazione, perché avendola pronunciata mi rendo conto di essere turbato dalla parola «schiavo», che colpisce ancora l'orecchio come una frustata. C'è chi schiavizza e c'è chi viene schiavizzato. Ma non c'è nessuno la cui essenza, o vera natura, sia quella di «schiavo». Una persona può essere schiavizzata, può essere intrappolata in quella situazione di morte in vita nota come «schiavitú», ma non per questo è uno schiavo. La schiavitú è qualcosa di intollerabile che le sta accadendo o che le è accaduto. Per questo motivo credo che un titolo piú accurato sarebbe *Schiavisti che gettano in mare i morti e i moribondi*.

Il dipinto fu completato nel 1840 ed è una ricostruzione fantasiosa di un evento reale avvenuto quasi sessant'anni prima, di cui Turner aveva letto in *The History and Abolition of the Slave Trade* di Thomas Clarkson. Nel 1781 il capitano della nave negriera *Zong*, un ex chirurgo di nome Luke Collingwood che aveva lavorato sulle navi ma non era abbastanza esperto di navigazione, aveva perso la rotta durante il viaggio dall'Africa occidentale alla Giamaica. Quello che doveva essere un viaggio di sei settimane ne richiese diciotto. Dopo che decine delle centinaia di persone schiavizzate a bordo erano morte di malattia e di sete, e altre decine si erano suicidate, Collingwood gettò in mare di proposito centocinquanta persone vive. Pensava di poter cosí incassare i soldi dell'assicurazione per il carico umano perso in mare, piuttosto che rischiare di arrivare in porto con quella che per lui sarebbe stata merce danneggiata. «Carico umano», «merce danneggiata»: sono parole che si fatica a pronunciare.

Nel dipinto di Turner il cielo è un tripudio di rossi e gialli, chiazzato di arancione, rosa, viola, blu e bianco. Il dipinto raffigura un tramonto durante una tempesta, anche se è improbabile che l'omicidio di massa sulla *Zong* sia avvenuto durante una tempesta. Nel dipinto di Turner il cielo sembra in fiamme. I suoi paesaggi marini spesso ritraggono un mondo naturale selvaggio, che sfugge al controllo umano. La tempesta in arrivo, come immaginava Turner in questo dipinto, avrebbe reso ancora piú disgraziata la tragedia di chi era in acqua. I colori intensi di questo cielo non sono denotativi, ma semplicemente effetti atmosferici del tipo che Turner utilizzava spesso e che tanto attirava il critico John Ruskin.

Nel primo volume del suo *Pittori moderni*, Ruskin lodava *La nave negriera*, che tra l'altro gli era appartenuto, come l'opera che in assoluto avrebbe scelto per consegnare Turner all'immortalità. L'elogio di Ruskin fu fondamentale per la fama che l'opera ebbe in seguito, e in piú conteneva la piú fulminea delle allusioni a Shakespeare: «tingere di sanguigno i multitudinosi mari». Mark Twain, nel frattempo, descrisse il dipinto come un'assurdità perché mostrava cose come catene di ferro che galleggiavano e altre idiozie. «Un gatto che ha una crisi epilettica in un piatto di pomodori», scrisse. Twain parlava da iconoclasta, certo, era la sua modalità preferita, ma non aveva del tutto torto. C'è qualcosa di sgraziato, persino di brutto, in *La nave negriera*, una bruttezza dovuta non solo all'orrore del soggetto. Esistono altri dipinti di Turner non meno audaci, ma visivamente piú risolti. Tra questi c'è uno dei suoi primi capolavori, *Didone costruisce Cartagine, o l'ascesa dell'impero cartaginese*, dipinto nel 1815. Un altro è *La valorosa «Téméraire» trainata al suo ultimo ancoraggio per essere demolita*, datato 1838. Nel corso degli anni, l'«importanza» di *La nave negriera* ha gettato un velo sui suoi limiti tecnici. Le mani che emergono dall'acqua sembrano uscite da un incubo, insopportabilmente tristi, ma guardate la gamba che affonda in basso a destra: è troppo grande, sproporzionata. I pesci famelici, invece, sembrano cartoni animati accanto ai gabbiani e al sangue schiumante, tanto da smorzare lo slancio dell'immaginazione. Chissà se è per questi solecismi visivi che William Makepeace Thackeray, perplesso, dichiarò: «Questo dipinto è sublime o ridicolo? Davvero non saprei».

Ma è facile impantanarsi in discussioni sulla tecnica di un dipinto. Dietro questo quadro, dopotutto, c'è un orrore reale. E l'incidente in sé, lo spreco di vite umane per ottenere un risarcimento assicurativo, sembra quasi rendere inutile il linguaggio. È questa impossibilità, questo fallimento del linguaggio, che M. NourbeSe Philip sceglie come soggetto del suo straordinario poema *Zong!* È il nome della nave seguito da un punto esclamativo. Nel magnifico saggio che ha scritto come postfazione, Philip ritorna piú volte sull'idea che questa è «la storia che non può essere raccontata». La storia non può essere raccontata, dice, ma deve essere raccontata e si può raccontare solo non raccontandola. E cosí racconta la storia che non può essere raccontata in un «linguaggio di grugniti e lamenti, di gemiti e balbettii». In pratica, comunque si apra *Zong!*, ci si trova di fronte a uno spruzzo di frasi frammentarie, parole libere e fluttuanti, morfemi isolati. L'insieme del testo sembra una rete. Qualsiasi tipo di continuità viene respinto e la lettura non è mai lineare, perché non è chiaro dove inizi o finisca il testo. Si legge come un ululato, come qualcosa di primordiale, pagine e pagine di significati che sfuggono. Nella postfazione Philip ci dice che le parole di *Zong!* derivano da un documento legale britannico del 1783 sul caso *Gregson contro Gilbert*, rispettivamente proprietario e assicuratore. Questo documento, relativo alla decisione di tre giudici della Corte del Consiglio reale, fu emesso in seguito al ricorso in appello per una precedente sentenza che aveva ritenuto gli assicuratori responsabili della perdita dei centocinquanta africani condannati a una fine atroce dal capitano Collingwood. A presiedere la Corte del Consiglio reale, per arrivare alla decisione riportata nel documento, fu Lord Mansfield, presidente della Corte suprema d'Inghilterra.

Ed è questo gergo legale, questo linguaggio formale in teoria caratterizzato da oggettività e neutralità, che Philip porta in *Zong!* trasformandolo in un incantesimo angosciante e onirico. Voleva rinchiudersi, scrive l'autrice, nel «magazzino di parole» del testo giuridico. Il testo originale affronta la controversia tra assicuratore e mercante senza accennare in alcun modo al fatto che si è trattato di uno sterminio guidato dal profitto, al fatto che gli africani uccisi fossero esseri umani. Eppure Lord Mansfield avrebbe dovuto fare di meglio perché aveva cresciuto Dido, la figlia che suo nipote aveva avuto con una donna di colore, come parte della sua famiglia. Non poteva quindi avere dubbi sull'umanità dei neri. Ma quando la soddisfazione esistenziale di un uomo dipende dal non sapere qualcosa, quell'uomo troverà sicuramente il modo per evitare di sapere quel qualcosa.

Usando le parole di quel testo giuridico ripugnante, facendole a pezzi e scatenandosi in quel magazzino di parole chiuso a chiave, Philip urla le vite delle persone massacrate sulla *Zong*. Come Turner, dipinge l'immagine di una nave scricchiolante travolta dalle onde, ma da quei brandelli ricava qualcosa di molto piú personale e sacro. Ci sembra di vedere quelle persone in carne e ossa moribonde, siamo raggiunti dagli spruzzi amari della storia. Non è lo spettacolo del lutto che Philip mette in scena, no, è il dolore che accomuna quelle persone, non membra improbabili come quelle dipinte da Turner, ma vite possibili strappate a uomini e donne per i quali, in assenza di documenti, Philip ha evocato nomi credibili: Muru, Kakra, Kolawole, Kibibi, Olabisi, Usi, Kenyatta, Mesi, Nayo, Yooku, Ngena, Wale, Sade, Ade.

In *La nave negriera* il sole tramonta come ogni giorno. Per quanto i colori siano infuocati, il cielo di Turner non è letteralmente in fiamme. Ma ora vorrei passare a un'altra opera della collezione di questo museo, piú piccola e molto meno nota, che raffigura un cielo altrettanto livido. Piú indietro nel tempo rispetto al quadro di Turner, intorno al 1500, il maestro fiammingo Herri met de Bles dipinse

Paesaggio con città in fiamme. I dati su Bles sono vaghi: per esempio, la sua data di nascita varia da una fonte scientifica all'altra anche di venticinque anni. Non si conosce il suo cognome e «met de Bles» significa «con il ciuffo bianco», una descrizione dei suoi capelli. Si pensa che sia nato a Bouvignes o a Dinant e che fosse nipote di Joachim Patinir, uno dei primi grandi innovatori della tradizione del cosiddetto «paesaggio del mondo». Li accomuna la padronanza di una prospettiva umorale e suggestiva, con il blu e il verde che dominano sullo sfondo. Questi colori freddi si affiancano a quelli caldi in *Paesaggio con città in fiamme*, un dipinto largo meno di trenta centimetri, solo un quinto rispetto a *La nave negriera*.

Il piccolo quadro di Bles è ricco di dettagli. Il cielo è arrossato dagli edifici in fiamme sui due promontori, affacciati su un porto dove si vedono due navi: in apparenza, una è incagliata e l'altra in acque pericolosamente poco profonde. In lontananza ci sono altre navi, un paesaggio urbano con molti incendi e il campanile svettante di una cattedrale. In alto, a sinistra della tavola, si vedono quelle montagne vertiginose che erano tanto comuni nei dipinti fiamminghi quanto impossibili da trovare nella distesa piatta delle Fiandre. Il terreno in primo piano, scuro e fangoso, è solcato da un sentiero e arricchito con incredibile accuratezza da grandi rocce e alberi dalle foglie punteggiate. In primo piano c'è anche una figura solitaria con una veste blu e un turbante bianco, probabilmente un personaggio biblico, sotto un albero di un verde intenso. Il sentiero tortuoso conduce l'occhio a un basso cancello in legno e poi di nuovo al porto in fiamme.

In questo piccolo dipinto c'è qualcosa sia dell'inferno sia di una fuga dall'inferno. Forse vuole evocare la vana contrattazione di Abramo con Dio per risparmiare Sodoma e Gomorra. O forse raffigura Lot e sua moglie, e quello che sembra un ceppo rinsecchito dietro l'albero frondoso è una colonna di sale macchiata dal tempo. Forse il quadro è stato dipinto semplicemente per soddisfare il desiderio di un cliente di avere sott'occhio una città semidistrutta. I paesaggi infernali, oltre ai paesaggi urbani, marini e montani, facevano parte del crescente interesse olandese per i panorami drammatici. Il mondo è un luogo selvaggio e meraviglioso, non può essere domato, ma nelle dimensioni di un quadro, grande o piccolo che sia, si può almeno in parte contemplarne la complessità e almeno in parte godere della sua stranezza. La tradizione del paesaggio del mondo potrebbe aver avuto origine dagli sfondi sobri ed eleganti dei ritratti di Hans Memling nell'ultimo quarto del XV secolo, che tanto influenzarono i ritrattisti italiani della generazione successiva, ma che nei Paesi Bassi, la sua patria, avrebbero raggiunto vette inimmaginabili nelle opere di Patinir e Hieronymus Bosch. Un secolo dopo Memling, questa dedizione al paesaggio rimaneva nei capolavori di Lucas Van Valckenborch, Hendrick Van Cleve III, Paul Bril e soprattutto Bruegel, un gruppo di nomi impressionanti tra cui Herri met de Bles è un maestro minore.

Le opere di Bles che sono arrivate fino a noi hanno un carattere cupo e tormentato, trasmesso dalla sua immensa abilità nel rappresentare contemporaneamente i dettagli ossessivi e l'atmosfera evanescente delle grandi distanze, talento in cui superò alcuni dei suoi stimati contemporanei, tra cui Lucas Gassel e il Maestro LC. Ma l'ossessione sta anche nella sua peculiare abitudine di dipingere una minuscola civetta in un punto nascosto del dipinto. Fu questa misteriosa firma aviaria a indurre gli italiani, quando si trasferí nel loro Paese verso la fine della sua carriera, a dargli il soprannome di «il Civetta». Non sono riuscito a individuare civette in *Paesaggio con città in fiamme*, ma non dubito dell'attribuzione a Bles. Però la data del dipinto, 1500, sembra precoce: secondo alcuni documenti, Bles operava ad Anversa nel 1535 e diversi dipinti degli anni Quaranta a lui attribuiti presentano lo stile di *Paesaggio con città in fiamme*, un arco di tempo un po' troppo ampio per la stessa tecnica. Gli storici dell'arte ci lavorano da secoli, eppure non è ancora emersa una cronologia del tutto soddisfacente per l'opera di Bles. Ma forse l'aspetto piú curioso di questo piccolo quadro intenso, che è allo stesso tempo silenzioso come la nebbia e fragoroso come un'esplosione, è la storia che lo ha portato a restare, per ora, tra le mura di questo museo.

Adesso avanziamo di circa quattro secoli rispetto alla realizzazione del dipinto. Abbiate pazienza, la faccenda si fa complicata. Intorno al 1929 *Paesaggio con città in fiamme* era di proprietà di Franz W. Koenigs, un uomo d'affari tedesco protestante che viveva a Haarlem. Nel 1931 Koenigs chiese un prestito alla banca olandese Lisser & Rosenkranz utilizzando la sua collezione di opere d'arte come garanzia. L'accordo fu formalizzato nel 1935 e la restituzione era prevista per cinque anni dopo, nel 1940. Se Koenigs non fosse stato in grado di ripagare il prestito alla scadenza o se la Lisser & Rosenkranz avesse cessato di operare prima del termine di cinque anni, la banca avrebbe avuto il diritto di vendere la collezione. Una sintesi di questi eventi è disponibile nella nota di provenienza di *Paesaggio con città in fiamme* qui al Museum of Fine Arts. Nell'aprile del 1940 era evidente che Koenigs non aveva i mezzi per rimborsare il prestito. Inoltre, la Lisser & Rosenkranz fu messa in liquidazione e quindi, secondo i termini del contratto, era autorizzata a vendere i dipinti di Koenigs. La banca si rivolse cosí a Jacques Goudstikker, il rinomato mercante d'arte di Amsterdam, e nell'aprile del 1940 questi acquistò trentacinque dipinti della collezione di Koenigs. La nota di provenienza non cita però il fatto che il 14 maggio, il giorno in cui la Luftwaffe bombardò Rotterdam mietendo circa novecento vittime, Goudstikker stesso, che era ebreo, fuggí da Amsterdam insieme alla sua famiglia salpando per l'Inghilterra a bordo della *SS Bodegraven*. Il giorno seguente, sul piroscafo buio, Goudstikker cadde in una botola e, precipitando, si ruppe il collo e morí. Aveva solo quarantadue anni.

Lo stesso giorno in cui Goudstikker morí, il giorno della resa olandese, prima che i cadaveri si fossero raffreddati, diciamo, un certo Alois Miedl – e qui torniamo alla nota di provenienza –, un banchiere tedesco che operava nei Paesi Bassi, visitò la galleria Goudstikker. La galleria era gestita dai dipendenti di Jacques Goudstikker e Miedl ci andò in compagnia di un personaggio di spicco. Il mese successivo, ossia nel giugno del 1940, Miedl acquistò dalla galleria Goudstikker trentuno dipinti provenienti dalla collezione di Koenigs, tra cui *Paesaggio con città in fiamme*, presumibilmente con la partecipazione attiva di Franz Koenigs. (Koenigs sarebbe morto l'anno successivo a Colonia, cadendo dal binario e finendo sotto un treno, ma i suoi discendenti ritengono che sia stato assassinato dai nazisti). Lo stesso mese in cui li acquistò, Miedl ne rivendette diciannove, tra cui *Paesaggio con città in fiamme*, all'uomo che qualche settimana prima lo aveva accompagnato alla galleria di Goudstikker. L'acquirente era Hermann Göring, il comandante supremo della Luftwaffe e vice di Hitler. I dipinti furono consegnati a Carinhall – il palazzo che Göring si era fatto costruire a Templin, nei dintorni di Berlino – il 10 giugno.

Non sappiamo in quale punto preciso della sontuosa dimora fosse stato esposto *Paesaggio con città in fiamme*. Forse si trovava nella monumentale Festhalle, illuminata da un lucernario, insieme a centinaia di altre opere, o forse nella grande biblioteca con i soffitti a volta. Oppure, essendo cosí piccolo, di una dimensione intima che invita alla contemplazione ravvicinata, si trovava in una delle stanze piú raccolte: la sala della musica, una camera da letto o lo studio privato di Göring. Posando lo sguardo sugli effetti raffinati e suggestivi ottenuti da Bles, si può immaginare che in qualche momento di calma il Reichsmarschall Hermann Göring abbia fatto lo stesso, che di tanto in tanto, in quei cinque anni, cercando rifugio dall'inferno che aveva contribuito a creare, abbia contemplato i blu e i verdi sfumati dipinti dal Civetta. O forse non lo fece mai. Göring aveva gusti grossolani e prediligeva i grandi nudi carnosi. Forse acquistò il quadro di Bles e se ne dimenticò subito. Non potremo mai saperlo. Nella sua collezione c'erano anche moltissime opere minori e alcuni falsi, tra cui un «Vermeer» dipinto dal celebre falsario olandese Van Meegeren. Carinhall dava prova di abbondanza piú che di qualità.

Fuori, la guerra infuriava. La morte, con i suoi grandi stivali pesanti, calpestava ogni cosa. Come braccio destro di Hitler, Göring era profondamente coinvolto nei massacri in tutta Europa, nella razzia delle proprietà ebraiche, nella pianificazione e messa in pratica dell'Olocausto. Il saccheggio di dipinti è solo una piccola parte del genocidio culturale associato ai crimini indicibili di cui si macchiò. Göring collezionava opere grazie a una rete capillare di agenti e di collaboratori in tutta Europa, come Alois Miedl, che aveva preso il controllo della galleria di Goudstikker, o come Walter Andreas Hofer, Kurt von Behr e Bruno Lohse, uomini che riuscirono a impossessarsi a qualsiasi costo, a volte pagando troppo e a volte non pagando affatto, di dipinti di Rubens, Tiziano, Cranach, uomini che fecero incetta di arazzi, sculture e vasellame provenienti da Francia, Polonia, Italia, Paesi Bassi e altrove.

Ricordo una scena che mi aveva molto impressionato nell'adattamento cinematografico, diretto da James Ivory e uscito nel 1993, di *Quel che resta del giorno* di Kazuo Ishiguro, un episodio che Ivory rielabora per il film ma che non compare nel libro. Mentre aspettano che la cena venga servita in una sala circolare di Darlington Hall, l'ambasciatore tedesco Joachim von Ribbentrop e due dei suoi addetti ispezionano i dipinti e le porcellane nella stanza con sguardi pacatamente famelici. Uno degli addetti si protende verso un grande quadro in una cornice dorata e dice: «L'ha dipinto Herri met de Bles. XVI secolo». Quella scena mi è rimasta impressa perché il nome di Bles non si sente spesso. L'altro addetto attira l'attenzione di Ribbentrop sul quadro e Ribbentrop gli dice, in un tono sinistro, di «prendere nota per il futuro».

La guerra si avvicinava alla conclusione. I danni ai popoli e alla dignità umana erano incalcolabili. All'inizio del 1945, per salvaguardare la collezione di Carinhall, Göring tentò di spedirla in treno in un'altra delle sue proprietà, la villa di Berchtesgaden in Baviera.

Scusate. Scusatemi davvero.

Accidenti. Scusate l'interruzione. Per quanto possa sembrare strano, ho appena avuto un problema medico. Per qualcosa come trenta secondi ho perso la vista da un occhio. Ma vi prego di non allarmarvi: è un incidente passeggero, o perlomeno dovrebbe. Mi succede solo ogni tanto. Mi spiace, questa volta mi ha colto di sorpresa. Ma ora credo di essere a posto. Ormai ci vedo e credo di poter proseguire.

Sí, ne sono sicuro. Continuo.

E cosí, «prendere nota per il futuro». Per salvaguardare la collezione di Carinhall, Göring tentò di spedirla in treno in un'altra delle sue proprietà, la villa di Berchtesgaden in Baviera. Ma il treno venne intercettato dalle truppe alleate e una buona parte della collezione fu recuperata ufficialmente. Un gran numero di oggetti finí nelle mani di gente del posto, di soldati americani e di altri alleati. *Paesaggio con città in fiamme*, piccolo e facile da nascondere, scomparve, svaní nella nebbia della guerra. Molti degli altri pezzi provenienti dalla galleria di Goudstikker furono restituiti ai Paesi Bassi e divennero proprietà del governo olandese. Nel 1946, un anno dopo che Göring si era suicidato con il cianuro a Norimberga, il Museum of Fine Arts acquistò *Paesaggio con città in fiamme* dalla Aram Gallery di New York. Siegfried Aram affermò di aver acquistato il dipinto da un restauratore newyorkese di nome Julian Acampora. Acampora aveva ottenuto il dipinto da fonti poco chiare: si parla del conte d'Urbania, delle case d'aste Devany, di «una collezione a Chicago». È evidente però che l'opera fu trafugata e venduta al mercato nero prima di finire qui a Boston.

La nota di provenienza prosegue dicendo che già nel 1948 il Museum of Fine Arts era a conoscenza dell'identità dei vecchi proprietari del dipinto e della rivendicazione olandese. Su richiesta del museo, la questione fu sottoposta alla Commissione generale per il recupero delle opere di Amsterdam, che però non diede seguito alla cosa. Cinquant'anni dopo, nel 1998, forse grazie al fatto che il mondo dell'arte finalmente prestava la dovuta attenzione ai temi legati al saccheggio nazista e alla restituzione, il museo riprese i contatti con lo Stato olandese, questa volta tramite l'Ispettorato dei beni culturali, e saltò fuori che in effetti gli olandesi ritenevano di avere un diritto legittimo sul dipinto. Questa dichiarazione portò ben presto a due conseguenze. Una fu la causa intentata dagli eredi del gallerista Jacques Goudstikker per i dipinti venduti a Miedl. Il caso si risolse nel 1999 con una sentenza del tribunale contro gli eredi Goudstikker. La seconda fu la causa intentata da un erede di Franz Koenigs, secondo cui il suo parente era stato costretto a vendere la collezione a prezzi di gran lunga inferiori al valore di mercato. Date le circostanze della fuga di Goudstikker e della sua morte accidentale – per non parlare del coinvolgimento di Göring come proprietario finale –, l'ipotesi rientrava nella sfera del possibile. Ma il Comitato consultivo olandese per la valutazione delle richieste di restituzione ha respinto la richiesta nel 2003.

Lo status di *Paesaggio con città in fiamme* è quindi davvero complesso e ormai da anni, qui al Museum of Fine

Arts di Boston, il dipinto non è esposto. In questo momento si trova nei magazzini. Credo che a colpirmi di piú sia l'apparente buona fede con cui il museo, forse riconoscendo le terribili circostanze in cui il dipinto fu ottenuto, si impegna a restituirlo se e quando si troverà la soluzione legale per farlo. La nota di provenienza si conclude cosí: «Il Museum of Fine Arts attende comunicazioni dalle parti interessate riguardo ai tentativi di raggiungere una risoluzione neutrale sulla proprietà del dipinto». Ed è questa frase che vorrei conservare, di cui vorrei «prendere nota per il futuro»: il Museum of Fine Arts attende comunicazioni dalle parti interessate.

Il libro degli eventi è sempre aperto a metà. Nel febbraio del 1897 un'unità dell'esercito britannico si avvicinò prima ai villaggi periferici e poi all'immenso agglomerato di Benin City, sulla costa dell'Africa occidentale. Le forze del protettorato della costa del Niger e dell'ammiragliato arrivarono per mare, torrenti e foreste. Poco tempo prima, una spedizione britannica era stata bloccata per ordine di alcuni capi tribú del Benin perché un trattato aggressivo imposto dalla Royal Niger Company, che equivaleva a una sottomissione, era stato respinto dall'oba del Benin. Ora l'esercito britannico, forte di circa 1400 uomini, si stava avvicinando, munito di armi moderne e decisamente intenzionato a vendicarsi. I soldati non erano lí per negoziare. Erano armati di cannoni da montagna, fucili a otturatore scorrevole, razzi e, soprattutto, di quattordici mitragliatrici Maxim a tiro rapido. Travolsero il Benin come il fuoco dell'inferno e, anche se non esistono dati ufficiali sulla quantità di vittime, fu un massacro. Gli storici hanno dovuto calcolare il numero di persone uccise nei diciotto giorni dell'attacco utilizzando un parametro terrificante: il numero di colpi sparati dalle armi britanniche. I testimoni oculari riferivano di aver visto centinaia di corpi fatti a pezzi nelle fitte foreste sul limitare della città.

Chi erano le vittime di questo massacro? Credo sia importante cercare di immaginarle come individui reali. Immaginate di essere un Bini e di averla scampata e di ricevere via via notizia di chi non è sopravvissuto. Il lottatore piú famoso dell'impero è morto. La capa dell'associazione delle venditrici al mercato è morta. Anche la sua migliore amica, quella dalla meravigliosa risata musicale, è morta. La ragazza con il nastro rosso tra i capelli è morta. Il ragazzo dall'intonazione perfetta è morto, cosí come il suo timido e bellissimo fratello minore. Lo scultore a cui un coccodrillo aveva staccato una gamba in gioventú è morto. L'anziano agile che faceva i tetti di paglia e non perdeva mai l'equilibrio è morto. Il giovane dagli occhi imperscrutabili e dalla vita interiore impetuosa è morto. I gemelli identici dal sorriso ironico, l'uomo dal collo elegante: questo è il regno della morte adesso. Maschi e femmine, giovani e vecchi, giacciono in pozze di sangue scuro, in pozze di silenzio. Gli inglesi hanno sparato quattro milioni di proiettili, senza contare gli incendi, le mine e i razzi. Perché ammazzare tutte quelle persone? Poi, gli alti capi vengono individuati e impiccati al mercato. Lo stesso oba, Ovonramwen Nogbaisi, finisce esiliato e non torna mai piú.

Dopo la carneficina iniziò il saccheggio. L'assalto al Benin diventò un tentativo di cancellazione culturale. La grande città fu spogliata della sua gloria, in particolare delle opere di significato rituale e artistico. Gli edifici furono bruciati, i luoghi sacri profanati, i palazzi distrutti. Furono sottratti con metodo secoli di opere in avorio e di targhe e sculture in ottone e altre leghe di rame, anche se spesso vengono chiamate semplicemente bronzi. Magnifiche teste di re, di capi importanti e di antenati bini furono ammassate e portate via dai soldati britannici. Non meno di quattromila pezzi vennero prelevati dal Paese ormai distrutto e sparpagliati per il mondo, apparentemente per pagare i costi dell'invasione. L'eredità materiale del popolo bini divenne una componente fondamentale dell'arte etnografica che riempiva i depositi e le esposizioni dei musei di posti come Londra, Oxford, Cambridge, Berlino, Vienna, Filadelfia, New York, Edimburgo, Dublino, Vancouver, Basilea, Washington, Glasgow, Cleveland, Liverpool e Boston.

Osserviamo per un attimo un oggetto come questo: un bassorilievo in lega di rame raffigurante tre cortigiani impegnati a suonare degli strumenti musicali. Tutti e tre sono rivolti frontalmente verso di noi. La figura al centro, piú grande delle altre due e abbigliata in modo piú elaborato, con una rete di perline sul copricapo e motivi geometrici sulle vesti, suona un tamburo con i palmi delle mani. Le figure che la affiancano si fanno eco a vicenda, dai gong che tengono con la mano sinistra e colpiscono con la destra alla leggera inclinazione del capo protetto dall'elmo. In quest'opera l'artista ha prestato particolare attenzione alle palpebre superiori e inferiori di ogni figura e anche ai nasi, larghi e con le narici dilatate. Con gli abbondanti dettagli decorativi su tutti e tre i corpi e i motivi floreali sullo sfondo, il bassorilievo brunito richiama un mondo intero di esperienze dell'Africa occidentale, un mondo di artisti, mecenati, corporazioni, iconografia e pratica critica. Pratica critica, sí, perché ovunque si incontri l'eccellenza nelle arti visive è implicito che ci sia un apparato critico necessario a valutare il successo delle singole opere d'arte rispetto ad altre che appartengono allo stesso contesto.

Quest'opera impressionante è una delle trentadue originarie del Benin attualmente presenti nella collezione di questo museo, esposta in una piccola sala che molti di voi avranno di sicuro visto. Si stima che sia stata realizzata tra il 1530 e il 1570 dalla corporazione dei fonditori di bronzo del Benin durante i regni di oba Esigie e di suo figlio nonché successore oba Orhogbua. Era una delle centinaia di immagini che, affisse alle colonne nel cortile del palazzo reale, servivano a raccontare al popolo la storia del Benin, rappresentando la documentazione visiva di re e divinità.

Mi colpisce quanto il soggetto e le date di questo bassorilievo coincidano con quelli di un piccolo dipinto a grisaglia su quercia di Bruegel intitolato *Tre soldati* e realizzato, si ritiene, nel 1568. Come la targa del Benin, è un'opera di dimensioni modeste che raffigura dei soldati-musicisti a figura intera in abiti da cerimonia. Uno dei soldati di Bruegel suona un flauto, un oggetto presente anche nei bassorilievi del Benin. È un mistero come simili coincidenze possano verificarsi a grandi distanze, quasi le due mani di una stessa persona tracciassero simultaneamente due immagini di un solo modello. I soldati del Benin portano intorno al viso delle perline di corallo, simbolo di dignità, e le loro fasce di stoffa sono fissate con grandi spille a forma di muso di leopardo, animale che rappresenta la tenacia, la forza e l'astuzia dell'oba.

Ma, a prescindere dal piacere visivo che possono offrire, opere come questa sono state portate qui con un atto di violenza che è nostra responsabilità valutare. C'è una storia che non può essere raccontata, come scrive M. NourbeSe Philip a proposito della nave *Zong*, e noi dobbiamo raccontarla. Il bassorilievo del Benin non è una semplice opera d'arte, ma il residuo di una vasta esperienza culturale che ora è decontestualizzata. È stata rimossa dalla sua terra all'indomani di un omicidio di massa, quando il fetore dei cadaveri era ancora nell'aria. È emersa da un paesaggio con una città in fiamme. Descrivere l'opera come parte della «Collezione Robert Owen Lehman», basare la sua storia sul fatto che è stata acquistata all'asta da un ricco americano, significa nascondere la verità pura e semplice del perché un'opera del genere sia finita nelle mani di un altro popolo. Anche parlare di «spedizione punitiva», come si fa comunemente nella letteratura sul Benin, significa accettare la versione britannica dei fatti, cioè che la vendetta per la morte di cinque o sei uomini bianchi giustificava la distruzione del mondo vitale di centinaia di migliaia di persone. Significa accettare tacitamente l'idea che la «civilizzazione» del Benin comportasse per forza l'annientamento della sua società e il genocidio del suo popolo.

La nostra educazione, cioè il tipo di educazione universitaria che hanno molti dei qui presenti oggi, ci ha incoraggiati a pensare all'arte come a qualcosa che richiede grande cura. Sappiamo che non dobbiamo toccare gli oggetti nei musei. Siamo tutti ossessionati dall'idea di preservare le opere e veneriamo l'erudizione e la curatela. Ma non ci è stato insegnato a dare valore al mondo vitale degli altri, alla loro autonomia, ai loro diritti ancestrali. Soprattutto se le persone in questione provengono dal continente africano, la loro ingegnosità può essere apprezzata, i loro manufatti acquisiti e sottoposti ad analisi, ma le loro vite reali non vengono tenute in conto. Cosa significa interessarsi all'arte ma non alle persone che l'hanno creata? E questo mi porta di nuovo alla frase che ho trovato memorabile nella nota di provenienza del dipinto di Herri met de Bles: «Il Museum of Fine Arts attende comunicazioni dalle parti interessate». Nelle note di provenienza delle opere del Benin attualmente conservate in questo museo non c'è nulla del genere. Come se certe cose potessero essere legittimamente discusse e altre non fossero ritenute degne di pari considerazione.

Come dicevo, rimango traumatizzato ogni volta che vedo *La nave negriera* di Turner. Ma ultimamente ho cominciato a vivere il museo stesso come un luogo di traumi continui. Traumi che nascono dalla sensazione di una sorta di colpo di frusta morale: la meticolosità della pratica curatoriale da un lato e quelle pozze scure di sangue umano dall'altro. Le opere del Benin contengono un appello e il loro appello non è isolato: è condiviso da altre opere presenti in questo museo, opere «acquisite» da Kuba, Sèbé, Mandé, Hemba, Mangbetu e Yoruba, tra gli altri. È un appello a ripensare l'idea che la comprensione occidentale superi quella dei popoli che hanno creato e sacralizzato questi oggetti, che l'apprezzamento estetico o la pratica critica esistano solo qui in Occidente. È un appello a prendere sul serio la restituzione, un appello a reimmaginare il futuro del museo, a considerarlo non come uno spazio di conoscenza superiore o come un deposito di mondi sottratti ad altre persone, ma come un luogo di intervento in cui sia possibile una nuova conversazione sulla giustizia. In altre parole, il museo ha amato a lungo gli oggetti altrui, stringendoli in una morsa fatale. Può rinunciare a quell'amore mortale? In seguito potrebbero sbocciare nuovi amori, potrebbero emergere nuove possibilità. Se seguiamo quella strada, in futuro il contenuto di questo edificio sarà diverso e la nostra concezione collettiva della proprietà di opere d'arte storicamente significative potrebbe cambiare. Mi piace pensare che questo cambiamento non sia qualcosa da temere.

Sto per arrivare alla conclusione, abbiate ancora un attimo di pazienza. Sono consapevole che chi si definisce amante dell'arte possa sentirsi a disagio di fronte a questi suggerimenti. In effetti, dopo una conferenza che ho tenuto qualche tempo fa, un signore premuroso mi ha fatto notare, durante il confronto con il pubblico alla fine, che la restituzione è un'ottima cosa, ma la realtà è che certe culture non sono in grado di prendersi cura dei propri manufatti. E quindi cosa dovremmo fare? Ho apprezzato la sua schiettezza. Ha fatto l'esempio abbastanza sensato della distruzione dei Buddha monumentali nella valle di Bamiyan all'inizio del 2001. Non sarebbe stato piú sicuro, ha suggerito, sottrarre opere di importanza universale a culture che erano, nelle sue parole, «meno capaci di prendersene cura»? Dopo aver riflettuto un poco, gli ho risposto che, in primo luogo, un Buddha di arenaria alto quaranta metri e scolpito in una parete di pietra non sarebbe stato cosí facile da spostare. Siamo tutti vulnerabili di fronte alle follie della storia. Ma soprattutto, ho detto, la sua proposta si basava su due presupposti. Uno riguardava le persone e le istituzioni di luoghi che non conosceva, le forme di competenza e di attenzione presenti e adeguate alle necessità. L'altro consisteva nell'idea che l'Occidente fosse impeccabile o anche solo affidabile nella cura delle opere d'arte. Eppure erano state proprio le forze alleate a distruggere, nell'attacco a Magdeburgo del 1945, *Il pittore sulla strada di Tarascona* di Vincent Van Gogh, un'opera di importanza universale. Ancora loro nello stesso anno a incenerire, durante il bombardamento di Dresda, *Gli spaccapietre* di Gustave Courbet, un'altra opera di importanza universale. E poi, quando la Flakturm Friedrichshain di Berlino era stata distrutta nell'ultimo anno di guerra, piú di cento dipinti erano andati perduti per sempre, tra cui opere di Ghirlandaio, Murillo, Rubens, Tiziano, Goya, Botticelli, Tintoretto e Caravaggio. Oggi guardare le sbiadite foto anteguerra di alcuni di quei dipinti è come esercitarsi alla malinconia. Nessuno si troverà mai piú davanti al *San Matteo e l'angelo* di Caravaggio, nessuno sarà mai piú conquistato dall'agonia e dalla sensualità di quello straordinario dipinto, dal suo dubbio sublime. Non posso fare a meno di pensare, ho detto al mio interlocutore in quell'occasione, che potremmo ancora ammirare questi tesori insostituibili se durante la seconda guerra mondiale fossero stati conservati in un luogo veramente sicuro. Un luogo come Lagos, per esempio.

Ma devo ammettere che piú tardi mi sono sentito in colpa per l'asimmetria del formato domanda e risposta. Dopotutto, in quell'occasione come in questa, il pubblico era venuto a sentire me e l'uomo che aveva fatto la domanda era già in svantaggio. Io avevo un microfono e lui no. Non gli è stato concesso il diritto di replica. La mia risposta, per quanto accurata, aveva anche un'aura di spettacolarità: è stata cosí immediata, precisa e concreta che il pubblico ha applaudito, come se fosse stato un combattimento conclusosi con la mia vittoria trionfale. Ero imbarazzato. Se mi venisse chiesto di rispondere di nuovo a quell'uomo, credo che sarei piú conciso. Forse gli risponderei solo citando la bomba tedesca che incendiò il museo di Liverpool nel maggio del 1941, distruggendo migliaia di manufatti provenienti da tutto il mondo, molti dei quali erano stati sottratti durante atroci episodi di violenza coloniale. Tra gli oggetti distrutti c'era una testa di ottone della Regina Madre, la Iyoba, sottratta al Benin nel 1897. Forse gli direi che un'etica che si ostina a considerare le opere d'arte piú preziose della vita umana non è affatto un'etica. Forse avrei potuto fare di meglio per convincerlo che il mio scopo non era quello di dare una risposta brillante, ma di esprimere il mio sincero dolore davanti all'arroganza dei bianchi, da sempre convinti di sapere piú di tutti noi. E penso che questo sia un buon punto su cui concludere. Grazie a tutti per l'attenzione.

Sei

Stavamo attraversando il Third Mainland Bridge quando alla radio avevano passato dei vecchi pezzi. Il mio capo era entusiasta e mi aveva chiesto di alzare il volume. È Fela, mi aveva detto, come fai a non conoscerlo? Questa è *Water No Get Enemy*. Poi si era messo a parlare della musica, a spiegarmela. Ormai riconoscevo quell'eccitazione nella sua voce, l'eccitazione che mi ricorda come sono distanti le nostre vite. Quando la sento, vorrei dirgli di venire dove abito, a Ifako Agege, dove ci mettiamo in coda per prendere l'acqua dal pozzo a casa del baale e paghiamo cinquecento naira per due taniche. Ogni giorno, in quella lunga fila di taniche e secchi, scoppia una rissa. Mio fratello minore zoppica da quando dei delinquenti l'hanno picchiato mentre era in coda due anni fa. E qualche volta, quando non c'è elettricità e il baale non vuole pomparla con il suo generatore, rimaniamo senz'acqua, tutto il quartiere. Non so nemmeno se il governo sa che esistiamo. Nel frattempo, a casa sua, il mio capo apre il rubinetto e l'acqua scorre. L'acqua non è il nemico, per lui. Non lo sto dicendo per lamentarmi, sia chiaro. Sono sicuro che lei mi capisce.

Da ieri vado piano perché il clacson non funziona. A Lagos sono molto aggressivi in macchina. Li sento arrivare ma loro non sentono me. Senza il clacson sono un po' senza voce, il che non è solo un inconveniente, è molto pericoloso. Se faccio un incidente e danneggio l'auto, Oga Tomi mi toglie il lavoro. Se finisco in ospedale, mi mangio tutti i risparmi. Per questo non riesco a condividere il piacere del mio capo per la musica. Però mi sforzo di ridere quando ci si aspetta da me una risata e di sorridere quando ci si aspetta da me un sorriso.

Ogni giorno, quando lo lascio a casa sua, mi dà mille naira di mancia. «Nestor, tieni questi». Dice cosí. Quella cifra non è niente per lui. Vedo bene i posti dove si ferma a pranzare. L'ho aiutato a contrattare per delle cose di pelle al mercato. Non è facile nascondere al tuo autista come spendi, in una città dove sono io gli occhi. Non mi lamento per la mancia: i mille naira sono quasi quanto guadagno al giorno. Ma so anche che se è di cattivo umore, se qualcosa lo ha innervosito, che sia o meno colpa mia, mi dà solo cinquecento naira. Forse sto parlando troppo. A volte non mi dà niente perché è stanco e non ha voglia di cercare il portafoglio. Devo essere grato? In questa città c'è un sacco di gente che vorrebbe il mio lavoro. Sono molto grato.

Sono arrivata da Okota stamattina. Il traffico verso l'isola era un inferno. Un'autobotte si è fermata a Oshodi e ha bloccato tutto. Erano le sette. Siamo state lí un'ora, non si muoveva niente. Questa città ti fa perdere tempo. Siamo arrivate in tribunale a Igbosere alle nove passate e ci hanno fatto pure aspettare. C'era una fila di sedie in corridoio e ci siamo sedute ma senza appoggiare la testa al muro perché era pieno dei segni unti lasciati dalla gente prima di noi. Poi finalmente ci hanno chiamate e ho sentito Okanlawon che continuava con la sua testimonianza. Dice un sacco di scemenze. Da settimane vado in quell'aula di tribunale e ascolto le sue parolone. A me interessano solo i miei tre milioni di naira. Che fine hanno fatto? Sono una persona seria e non mi piace far vedere le mie emozioni in pubblico, ma c'è un limite alla sopportazione. Ecco perché ho alzato la voce in tribunale. Forse è proprio a questo che pensa la gente quando immagina le donne al mercato, come se non sapessero controllarsi. Ma chiedi a Kehinde e te lo dirà anche lei. Sono una delle persone con piú autocontrollo che tu abbia mai incontrato. *Alara tutu ni mi.*

Okanlawon è mio fratello. Rimane mio fratello. Ma non vuol dire che può vendere la proprietà di nostro padre senza darmi la mia parte. È perché sono una donna? Sono la stessa persona che ha un negozio di elettronica tutto suo. La stessa che cucinava per lui quando era un bambino. In tribunale ho fatto vedere i messaggi che ci siamo scambiati al telefono, una sua lettera scritta a mano, gli estratti conto. Il giudice ha chiesto anche a lui di mostrare i suoi estratti conto. Ora la corte si aggiorna. Cos'altro devono sapere?

A dire la verità, questa cosa è stata una faticaccia. In famiglia non diventiamo grigi, altrimenti sarei tutta grigia ormai. Devo molto a Kehinde, mi è stata vicino fin dall'inizio del caso. Tra donne ci si capisce. E cosí quando mi ha detto che voleva portare suo fratello in tribunale le ho detto portalo. Fa niente se io non sopporto il mio, di fratello. Ti sembro stanca? Ti sembro una persona che rinuncia facilmente? Lasciamoli aggiornare. Riavrò i miei soldi. Avere cinquantadue anni non è uno scherzo ed essere una donna non è un crimine. Una cosa che ho imparato è che se non sai aspettare non sei pronto per Lagos.

All'inizio degli anni Novanta avevo conosciuto un certo signor Ejigboye. Non era famoso, non è un nome noto, ma avevamo deciso di fare affari insieme. Era una speculazione edilizia, allora non ne sapevo niente. Ma avevo dei problemi con la fabbrica e tenevo gli occhi aperti in cerca di qualsiasi opportunità. Mi fidavo di Ejigboye. Ci avrebbero dato centocinquantamila naira per ristrutturare delle unità abitative del governo. All'epoca erano un sacco di soldi, quaranta volte di piú della stessa cifra oggi. Il contratto era di centocinquantamila e la prima rata era di cinquantamila naira, piú o meno cinquemila dollari di allora. Ejigboye era un costruttore, io conoscevo una persona nel governo. Ora il nome della tizia mi sfugge, ma era doppio.

Comunque ecco perché eravamo in affari: io avevo gli agganci, lui l'esperienza. E anche se non è il tipo di cosa che bisognerebbe dire ad alta voce, alla gente piace avere un socio d'affari libanese, dà un'aria di legittimità. Quindi sapevo che faceva parte del mio ruolo. Il fatto che abbia presentato io Ejigboye era un sigillo di approvazione. Di quella prima rata, sedicimila naira sono andati in tangenti, alcuni direttamente alla donna che conoscevo. Rimanevano trentaquattromila naira, che ho consegnato a Ejigboye per l'esecuzione del contratto. Fino a quel momento era andato tutto bene. Ma poi Ejigboye ha cominciato a comportarsi in modo strano. La Nigeria è la mia patria e non ho pregiudizi nei confronti dei nigeriani. Io stesso sono nigeriano. Se qualcuno mi dice che gli Yoruba sono cosí o gli Igbo cosà, rispondo sempre che questo tipo di discorsi non mi piace. Non sopporto il tribalismo. Ma devo dire che in quel periodo la mia testa ha iniziato a riempirsi di fantasie. Ejigboye ha saltato alcune riunioni, poi ha smesso di rispondere alle mie telefonate e alla fine ho capito che, visto che eravamo a Lagos, quell'uomo aveva semplicemente preso i soldi e se n'era andato. È la solita vecchia storia. Quando te ne rendi conto, ritrovi l'umiltà. Pensi che non possa capitare a te, pensi di non poter essere vittima di una frode, finché un giorno non ti svegli e indovina un po'.

Sono dovuto andare a dirlo alla donna che conoscevo nel governo, la signora Bello-Clark. Ecco, mi è tornato in mente il nome. Bello-Clark. È stato tutto molto spiacevole. Ero ingenuo su queste cose e non mi ero mai sentito straniero come in quel momento. Sono stato truffato come uno straniero qualunque, anche se sono nato e cresciuto qui. Ma il problema dei truffatori è che pensano di essere piú furbi di Dio, invece si sbagliano. Indovina cosa ho sentito la settimana scorsa? Il signor Ejigboye è morto. Non potrà godersi il bottino. A quanto pare, aveva un tumore al fegato o qualcosa del genere.

A ventun anni ho deciso di diventare donna. Cioè, sono sempre stata una donna e alla nascita sono stata registrata come femmina, ma a ventun anni sono diventata donna in modo consapevole. Ho scoperto che dovevo imparare a camminare come una donna, o meglio come la società vede una donna. A un certo punto mi sono resa conto che *non* imparare era piú faticoso e che in ogni caso ero brava. La nostra cultura ha delle idee rigide sulla definizione dei generi, ma sono sempre stata una persona libera e il prezzo della mia libertà è che ci ho messo del tempo per capire come muovermi nella società. Cioè, come interagire con le persone ma anche come usare il mio corpo. Non mi sembra trasgressivo. Il mio modo di camminare non trasgrediva nulla, né prima né quando ho cominciato a camminare come una donna. La trasgressione vera e propria è qualcosa che ha a che fare con le persone a cui ti rivolgi e che sfida le loro opinioni. Ma io l'ho fatto per me stessa, lo faccio per me stessa. È a me che mi rivolgo.

A Lagos devi sapere come muoverti in tutti i sensi. Ti faccio un esempio. Non molto tempo dopo che avevo lasciato l'università, un amico mi porta a una festicciola che pensavo fosse a casa di qualcuno, ma poi scopro che era in un club privato di Victoria Island. Tra certi tipi di uomini in questa città, uomini con i soldi, c'è la serata delle mogli e quella delle fidanzate. Cosí mi trovo in questo club privato di V. I. e, quando la serata sta per finire, due delle donne se ne vanno. Poi il mio amico, che doveva tornare a Yaba, se ne va e un altro uomo va via con un'altra donna. All'improvviso mi sono chiesta cosa ci facevo lí. Nessuno mi parlava, nessuno mi offriva qualcosa. Mi sono guardata intorno e ho capito che ero circondata da uomini, solo uomini, gente con il jet privato. All'improvviso ti si accende una lampadina, nel cuore della notte, e ti ritrovi a dire: cosa diavolo ci faccio qui?

Vogliamo essere in situazioni che abbiamo scelto. Quando sembra di avere il controllo si è in pericolo e quando sembra di rinunciare al controllo può essere il momento in cui si è piú potenti. Ti faccio un altro esempio. Di recente ho incontrato un uomo che aveva la mania dell'escursionismo. Appena l'ha detto, ho capito che aveva anche altre «manie». E avevo ragione: era appassionato di Bdsm. Io sono una che vuole sempre provare le cose almeno una volta, cosí quando abbiamo iniziato a fare sesso e lui mi ha chiesto se sarei stata disposta a sottomettermi, ho accettato. La regola di base era accettare di essere maltrattata. Le percosse facevano parte del gioco. La violenza faceva parte del gioco. Sí, ho detto, va bene. Non volevo certo farmi spaventare da quel boy scout.

E comunque, la prima volta che ci siamo dati da fare, mi ha dato uno sculaccione sul sedere, una cosa giocosa. Poi me ne ha dato uno meno giocoso. Eravamo lí, non esisteva niente al di fuori del gioco, io ero sopra di lui, lo montavo, completamente presa. Andiamo avanti cosí per un po'. Lui continua a colpirmi, sempre piú forte. Mi piace? Non saprei. Poi mi dà uno schiaffo in faccia e io mi dimentico completamente del nostro gioco e gli do subito una sberla, fortissima. Chi ti credi di essere! Ancora oggi non riesco a raccontare questa storia senza ridere. Era cosí sconvolto che mi sono preoccupata, pensavo di avergli fatto saltare un dente. Immagino che fosse uscita la donna yoruba che è in me. Come osi! E comunque, è stata l'ultima volta che abbiamo fatto sesso. Mi viene ancora da ridere, Dio mi perdoni. Anzi, è stata l'ultima volta che l'ho visto.

Quando stava veramente male, andavamo al Luth, l'ospedale universitario. Ma cosa potevano fare? Stavamo per ore in mezzo a gente con altri problemi, certi con ferite che vedevi, altri con dolori invisibili. E se andavo in ospedale perdevo un giorno di lavoro. Faccio le pulizie in un asilo di Ilupeju, un lavoro da ventimila naira, e a un certo punto avevano minacciato di licenziarmi. Ma non potevo abbandonare la mia bambina, anche se avevo paura di perdere il lavoro. Il padre era andato all'estero, ma ci aveva lasciate molto prima. Io e mia figlia eravamo sole.

Diventava sempre piú piccola. Gli occhi erano grandi e gialli. Aveva quattordici anni, ma nessuno ci credeva. Le crisi erano peggiorate, a volte duravano anche tre giorni. Stavamo nella nostra unica stanza e io la pregavo di mangiare e le davo da bere acqua pulita. Le preparavo il moin-moin, molto morbido, ma lei faceva lo stesso fatica a mandarlo giú. Aveva le gambe gonfie e le dita sempre fredde. A volte rifiutava il Panadol perché deglutire le faceva troppo male. Non ho messo al mondo una figlia solo per vederla soffrire cosí. Ancora non capisco.

Quando è morta, l'ho tenuta in braccio e ho pianto. Volevo piangere liberamente, ma dovevo trattenermi per non disturbare i vicini. Cosí piangevo e intanto mi trattenevo. Al mattino ho chiamato la famiglia del padre. Ho chiesto dei soldi per i preparativi al fratello maggiore e lui ha detto che sarebbe venuto la settimana dopo. Non avevo i soldi per la camera ardente, che costa cinquantamila naira a settimana. Dove li trovavo? Ma il cadavere era lí nella stanza. L'ho coperto con la mia vestaglia e ho chiuso le finestre.

Ne ho parlato con Iya Ramota e lei mi ha consigliato di andare alla farmacia Celina a chiedere la formalina. Mi ha detto che le farmacie piú grandi non avrebbero accettato di vendermela perché è illegale. Sono andata, ho pagato cinquemila naira e mi hanno dato la siringa e la formalina. Cosí sono riuscita a conservare il corpo per un po' di giorni prima di poter organizzare il funerale. L'uomo della farmacia mi aveva detto che, se non trovavo la vena, dovevo versare la formalina nella bocca, nel naso e nelle parti intime di mia figlia e bloccare tutto con del cotone. Ma sapevo che l'avrei trovata. Ho portato la mia bambina in ospedale cosí tante volte. Conoscevo il suo corpo come se fosse il mio. A volte ero io a metterle la flebo, a farle le iniezioni. L'unica differenza era che quando ho inserito l'ago per l'ultima volta lei non ha sentito nessun dolore. Il nome di mia figlia era Durotola. Vuol dire «che la gloria sia con te».

Mia madre era una persona alla mano. Rispettava la sua religione, l'Islam, ma la prendeva con serenità. Suo padre invece, che io avevo conosciuto da bambina, era tutt'altro che alla mano. Era noto per la sua severità, per l'estremismo della sua fede. Se fosse vivo oggi, sarebbe il tipo di persona paragonabile a Boko Haram. Portava, da buon musulmano, pantaloni che non toccavano mai terra ed era scettico nei confronti dell'istruzione occidentale, delle biciclette e delle macchine da cucire. Era un imam, il tuo bisnonno. È morto molto prima che tu nascessi, mentre la tua bisnonna è vissuta fino a quando avevi piú o meno dieci anni. Si chiamava Waleed e anche suo padre, Hamzat, era un imam. Anzi, Hamzat è stato il primo imam di Amu Ewa. Stiamo parlando di fine Ottocento. Non ci sono fotografie di nessuno dei due.

Il padre di Hamzat si chiamava Esude. Un nome raro che vuol dire «Esu è arrivato». La religione islamica si era diffusa nel nostro popolo tra la generazione di Esude e quella di suo figlio. Hamzat si era convertito presto, probabilmente sotto l'influenza di predicatori venuti dal Nord, da Ilorin e dall'Hausaland. È da lí che arrivava l'Islam, di solito prendendo piede in zone che rifiutavano il cristianesimo. I missionari temevano gli Ijebu e i Remo, dicevano che eravamo testardi e cattivi. Esude faceva il fabbro e il suo nome mi fa pensare che lui o la sua famiglia fossero coinvolti nel culto di Esu. Non so quando, forse verso metà Ottocento. Me lo immagino che si aggrappava alle verità tradizionali mentre intorno a lui tutti si convertivano.

A ogni modo, è ovvio che non crediamo piú in Esu. Probabilmente allora avremmo detto che è il dio dell'interpretazione e della malizia, che manipola messaggi e semina zizzania. Ma come cristiani abbiamo imparato di piú e siamo arrivati a credere che Esu sia simile a Satana o al diavolo. Ecco perché oggi per descrivere il male diciamo *isé Esu*: «le opere del diavolo».

Quando ho sposato tuo padre e sono diventata cristiana, si può dire che sia stato come il passaggio da Esude a Hamzat. Sí, quel tipo di cambiamento, un cambiamento totale in cui il mondo si trasforma completamente. In realtà ora non penso mai a quando ero musulmana. Dobbiamo riuscire a dimenticare il passato per progredire nel futuro. C'è chi sceglie la religione tradizionale, chi l'Islam e chi il cristianesimo. È cosí che pian piano si aprono gli occhi. Quando una persona si sveglia, trova il mattino ad aspettarla. Ma questa *tua* idea di non credere in niente non mi pare un progresso. In qualcosa bisogna credere.

Non era un lavoro qualunque. Prima di tutto, l'istituto aveva sia studenti che stavano in convitto sia studenti che venivano solo di giorno, come te, quindi puoi immaginare le complessità associate all'approvvigionamento del cibo, alla riparazione delle strutture, al funzionamento dell'ambulatorio medico e cosí via. Si trattava di cose complesse e, come ho scoperto appena sono entrata a scuola, la complessità era un terreno fertile per ogni genere di corruzione. C'erano tangenti, bustarelle e chi piú ne ha piú ne metta. Quando ho iniziato, ho fatto sapere che tutto questo sarebbe sparito, e la gente diceva: questa donna è pazza. Io dicevo, sempre con il sorriso: se venite a offrirmi una tangente, il contratto di cui avete goduto finora sarà dato a qualcun altro.

L'altro aspetto del ruolo era che a quei tempi l'istituto era migliorato rapidamente ed era considerato una delle scuole superiori governative piú prestigiose. In sei mesi avevo risollevato la situazione. I risultati degli esami finali erano ottimi, i punteggi di ammissione all'università tra i migliori della nazione, e improvvisamente tutti volevano che i loro figli venissero da noi. Ci preferivano al King's College e al Queen's College...

La gente diceva: e chi è questa Laseinde? Nel giro di pochi anni avevo non solo studenti geniali, ma anche i figli dei potenti, che, forse non ti sorprenderà, non erano sempre studenti modello. E questa era una delle tante difficoltà del lavoro: era molto politico. Ero una specie di rappresentante politica. Ma in qualche modo sapevo come muovermi.

Un giorno la moglie del governatore militare dello Stato viene a trovare suo figlio. Il ragazzo doveva avere qualche anno meno di te. Come ricorderai, il governatore di allora era soprannominato Hitler. Si chiamava generale Okon, ma tutti lo chiamavano Hitler. Cosí la moglie di Hitler si presenta e chiede di vedere suo figlio. E io le dico: mi spiace, signora, ma le visite non sono consentite al di fuori dell'orario, non possiamo fare eccezioni. Puoi immaginarti la furia di quella donna, ma io mi sono rifiutata di farle vedere suo figlio. Me ne ha dette di tutti i colori. E io ho pensato: oddio, stavolta perdo il lavoro.

Tre giorni dopo, come temevo, arriva Hitler. Lui e il suo assistente si siedono nel mio ufficio. Ovviamente io tremavo, ma ero gentile. Benvenuto, signore, caffè, signore? Mentre preparo il caffè, dice, come se stesse facendo conversazione: c'è uno studente di terza media qui, Hezekiah Okon. È mio figlio, vorrei vederlo. E cosa dico io? Certo, signore, lo faccio venire subito! Chiamo il vicepreside e gli dico di andare a prendere il signorino Hezekiah. La logica è chiara nella mia testa: la moglie di Hitler non è il mio capo, ma come statale devo sottostare al governatore dello Stato. Era come un ordine militare, non la richiesta di un genitore.

Ma ora ti sarà chiaro perché chi mi dà della pazza ha ragione. Perché mentre Hitler e l'assistente bevono il caffè, soddisfatti di aver portato a termine la loro missione, mi scuso ed esco. Dico al mio vice di non andare a cercare il ragazzo, di fare il giro dell'edificio di scienze e tornare nel mio ufficio dopo una decina minuti dicendo che l'insegnante si è rifiutata di far uscire il ragazzo. Cosí torno nel mio ufficio e poco dopo arriva il mio vice. Un bell'uomo, del Benue, che poi è morto nel disastro aereo della Dana. Entra e dice: mi spiace molto, l'insegnante si è rifiutata di farlo uscire. E io dico: davvero l'insegnante ha detto cosí? E Hitler a quel punto fa un gran sorriso. Bene, bene, dice, vedo che ha il pugno di ferro, signora Laseinde. Sai, io sapevo cos'aveva in testa. Sapevo che, da uomo potente qual era, non voleva essere contraddetto. Ma anche che, da militare, credeva nella catena di comando ed era impressionato dal fatto che i miei insegnanti mi obbedissero.

Comunque, due anni dopo ho dovuto espellere il ragazzo. Ma questa è un'altra storia. La mia decisione ha gettato nel panico il governo statale. Ma io ho fatto quello che dovevo fare e il ragazzo è stato cacciato, anche se dopo quell'episodio non sono rimasta in servizio per molto tempo.

Mia madre è morta quando avevo quindici anni, mio padre si è risposato e io ho dovuto andarmene di casa. Sono venuta a Lagos nel 2016. Sono stata ammessa all'Unilag con un buon punteggio e ho iniziato a frequentare il corso di contabilità. A quell'epoca mia zia mi aiutava a pagare le tasse universitarie, ma dopo due anni non ce la faceva piú e quindi mi sono messa a cercare soldi. Tutto quello che riuscivo a guadagnare andava al mio fratellino a casa. Ho fatto in modo che continuasse ad andare a scuola, ma io ho dovuto abbandonare gli studi. E cosí un'amica di scuola mi ha presentato un tizio che diceva di potermi trovare del lavoro. È stato quell'uomo a presentarmi Solace. È cosí che è iniziato tutto. Solace è stato il primo a portarmi al club.

Molte delle ragazze hanno un protettore, ma io faccio da sola. Non mi sono mai messa in strada. A volte qualcuno mi si avvicina al club e mi offre una vodka e poi vediamo. A volte arriva una telefonata e Solace mi dice quali sono gli accordi, se devo andare al Radisson Blu o all'Eko Hotel. Ha un centinaio di ragazze nel suo giro. A volte arrivi nella stanza d'albergo e ci sono altre quattro ragazze lí per far divertire un solo uomo. Abbiamo senatori, governatori, ministri, e tutti pagano in dollari. Non è che i pezzi grossi sono cosí comuni – siamo in tante a sgomitare per loro –, ma se ti capitano puoi fare mille dollari in un fine settimana. Di quelli, ne do trecento a Solace. Ma di solito, nelle situazioni normali, quando guadagno ventimila naira, a lui ne do cinquemila.

Ora sono tornata a scuola. L'anno scorso ho iniziato a frequentare un corso di contabilità a Cotonou. Ho una persona che mi accompagna il lunedí e mi riporta a casa per il weekend. A Cotonou divido un appartamento con altre due ragazze. Durante il periodo di lezioni faccio questo lavoro solo nei fine settimana. Quando il trimestre finisce, rimango a Lagos e lavoro cinque notti. È un problema di soldi. Adesso ho da parte settantamila naira ed entro lunedí mattina devo averne centocinquantamila. Devo solo trovare quei soldi. Non importa se gli uomini mi piacciono o meno. Quello che conta è che ho dei sentimenti e ora so che non li capiscono. Anche il mio ragazzo, l'anno scorso, ho dovuto lasciarlo. Pensava che, visto che faccio questo lavoro, non provassi sentimenti e quindi faceva sesso con una delle mie amiche. Cose del genere.

Quello che facciamo non ha un nome e quindi io la chiamo «la situazione». La situazione non è buona, per me. Se è divertimento, dovrei divertirmi. Se è sesso, dovrei fare l'amore. Sono una persona molto religiosa, ma non è per quello, è qualcosa che viene da dentro. Nel profondo so che non dovrei fare sesso solo perché ho bisogno di soldi. Sono un essere umano, per amor del cielo.

Non te l'ha mai raccontato tuo padre? A dire la verità, credo che nemmeno le mie figlie lo sappiano. Non ho mai parlato di quel periodo della mia vita con loro. Forse è piú facile raccontare queste cose ai figli degli altri che ai propri. In quel periodo eravamo un bel gruppetto di amici. Il nucleo centrale eravamo io, tuo padre, Habeeb Adegboye e Olu Wonder. Adegboye aveva una concessionaria d'auto e guadagnava bene. Tuo padre era meno attivo degli altri. Credo che tua madre fosse preoccupata della nostra cattiva influenza. Avevamo fatto il St Gregs ed eravamo rimasti in contatto. Ricordo le nottate al Caban Bamboo, allo Stadium Hotel, all'Ambassador Hotel. C'erano sempre suya, birra e musica, e quando dico musica parlo di Bobby Benson, Victor Olaiya e King Sunny Adé. Anche Fela era attivo in quegli anni, ma quello era un ambiente diverso. La nostra scena era la musica jùjú e l'highlife.

Il capobanda era Olu Wonder. Quell'uomo era affamato di vita. Poteva scolarsi un cartone intero di birre grandi Star senza battere ciglio. Adorava ballare, rideva sempre. E buon per lui, era anche l'unico scapolo. Noi eravamo tutti sposati, con figli e lavori sicuri. Avevamo delle persone a cui rendere conto a casa. Olu Wonder era un personaggio mondano, veniva da una ricca famiglia di Lagos e in città lo conoscevano tutti. Persino cantanti famosi come Abiodun lo elogiavano nei loro pezzi. Bei tempi. Poi sono arrivati i giorni bui.

Adegboye apparteneva a una delle famiglie piú potenti di Aiyepe. Quando l'alaiye di Aiyepe morí nel 1981, si scoprí che il nostro amico era il candidato favorito al trono. Come dicevo, era benestante e si pensava che potesse avere il prestigio necessario per quella posizione. Come saprai, chi mira a questi ruoli proviene da una rosa di candidati con caratteristiche ben precise, ma poi chi emerge dalla scelta finale deve essere in un certo senso la persona ideale, in termini di carattere, di saggezza e di mezzi economici. Eravamo sicuri che Adegboye sarebbe stato scelto, e ci eravamo messi a chiamarlo kabiyesi, all'inizio un po' per prenderlo in giro ma poi in tutta serietà.

Per le cerimonie di investitura eravamo andati tutti con lui ad Aiyepe. Erano feste grandiose, il tipo di evento che nessuno nella nostra cerchia voleva perdersi. Ma l'insediamento di un re yoruba non è per i deboli di cuore. *Àán j'oba* può significare «insediamo il re» o «mangiamo il re». La pronuncia è esattamente la stessa, per cui quello che si sente è un po' quello che si vuole sentire. L'organizzazione di queste cose è nelle mani dell'Ogboni, il gruppo degli anziani. È vero che il cuore del re defunto viene mangiato? Solo i presenti lo sanno. Quel che è certo è che i rituali di sepoltura e incoronazione sono molto delicati. Adegboye stava subendo una trasformazione e ora apparteneva agli dèi, non era piú un uomo qualunque, non era piú nostro amico. La terza notte dell'investitura c'era l'ennesima festa vicino al palazzo. Cosa sia successo quella notte non è chiaro. Forse Olu Wonder stava cercando il bagno? Era ubriaco? Era entrato nel palazzo, aveva sbagliato corridoio e aperto un paio di porte. A quanto pare, aveva intravisto il nuovo alaiye impegnato in rituali segreti con gli anziani ogboni.

In qualsiasi cultura del mondo ci sono cose che si possono vedere e altre che non si possono vedere, quindi non si può condannare la nostra. Quello che è successo è stato terribile. Sul nuovo alaiye di Aiyepe non dovevano posarsi occhi umani in quel momento. È cosí che Olu Wonder è scomparso. Tutti i suoi amici erano preoccupati. Due giorni dopo il suo corpo è stato ritrovato nella boscaglia vicino al palazzo.

Una notte c'è stato un temporale fortissimo a Ilupeju e a casa è mancata la luce. Allora come oggi non era una cosa insolita e cosí siamo andati a dormire al buio. Doveva essere durante le vacanze estive. Io avevo piú o meno tredici anni, mio fratello Muyiwa quindici, e poi c'era Temitope, un'amica che doveva restare con noi per qualche settimana, quindi era estate di sicuro. Temitope aveva la stessa età di mio fratello. Tempo dopo lei e la sua famiglia sono emigrati in Australia e abbiamo perso i contatti. Quella sera, mentre dormivamo, la corrente è tornata e i ventilatori si sono accesi. Io mi sono alzato per spegnere la luce della camera da letto, poi sono ricaduto in un sonno profondo fino alle tre di mattina, quando abbiamo sentito dei rumori e all'improvviso ci siamo ritrovati in un incubo. I rapinatori erano cinque. Tre con il fucile e due con il machete. Abbiamo subito pensato che, per entrare, avessero ucciso il guardiano. (In realtà dopo quella notte è sparito e quindi molto probabilmente era complice). Ci hanno radunati in soggiorno e ci hanno dato ordini contraddittori, dicendo di non muoverci ma anche di fargli vedere dove tenevamo le nostre cose. La stanza era illuminata a giorno e noi eravamo in ginocchio, in pigiama, umiliati davanti a loro, e li imploravamo di risparmiarci. Papà era a torso nudo.

All'epoca non ci avevo pensato, ma negli anni successivi ho capito che dovevano essere drogati. Avevano un'energia cosí intensa e un umore cosí instabile che ero certo che avrebbero sparato a qualcuno. Uno mi ha colpito in faccia con la lama piatta del machete. Smettila di guardarmi, mi ha detto. Stava per colpirmi di nuovo, ma uno dei suoi compagni lo ha trattenuto e gli ha detto di non perdere tempo. Avevo il viso gonfio e mi dondolava un dente. Nessuno di loro aveva una maschera o qualcosa per camuffarsi. Tutti portavano degli amuleti al collo. Noi tenevamo gli occhi bassi.

Hanno tirato fuori i soldi dalla cassaforte. Li hanno messi sul tavolo insieme a un paio degli orologi di papà e alla pila di strumenti elettronici. Sono andati in giro per la casa a raccogliere cose. Il tempo aveva rallentato e io avevo la faccia che pulsava per il dolore. Eravamo rannicchiati in un angolo del soggiorno, ma non ci avevano legati. Uno dei rapinatori ci ha tenuto il fucile puntato addosso per tutto il tempo. Un altro ha attirato Temitope a sé e ha bisbigliato sorridendo: sporcacciona. Poi hanno detto a mamma e Temitope di andare nella camera da letto dei miei genitori e sono entrati in quattro, chiudendosi la porta alle spalle.

Papà, inginocchiato vicino a me, cercava di trattenere le lacrime e pregava a bassa voce. Io mi sforzavo di pensare ad altro. Non sembrava reale. Si sentivano dei colpi dalla camera da letto, poi grida soffocate e ordini urlati. Mio fratello, mio padre e io cercavamo di stare fermi il piú possibile. Il baccano dalla camera è diminuito. L'uomo che era rimasto a farci la guardia, con gli occhi sgranati da pazzo, non ha mai tolto il dito dal grilletto. Avrà avuto diciassette, diciotto anni. Dopo dieci minuti o forse mezz'ora, due degli uomini sono usciti dalla camera e sono andati in cucina a cercare da bere. Si lamentavano perché le birre non erano abbastanza fredde. Si sono seduti a bere in soggiorno, quasi annoiati, come se noi non fossimo lí in un angolo terrorizzati. Gli altri due sono usciti dopo un po', sudati.

In seguito, quando raccontavamo la storia, dicevamo sempre che ero stato colpito in faccia con il machete. Era questo il dettaglio che ripetevamo. Le rapine in casa erano terribilmente frequenti alla fine degli anni Ottanta. Chissà quante vittime sono ancora traumatizzate. La gente si mostrava solidale e ringraziava Dio a nome nostro perché non era morto nessuno. A volte venivo lodato per il mio coraggio. Per quanto riguarda l'altra cosa, be', persino Kehinde l'ha saputa solo dopo che eravamo sposati da cinque o sei anni.

Domenica scorsa, dopo la messa, ci siamo fermati a Ilupeju per andare a trovare i miei genitori. Sulla via del ritorno mi sono messo a piangere. I bambini erano tranquilli. Feyi ha nove anni e probabilmente ha capito che le mie lacrime avevano a che fare con la nonna, che ormai soffre di demenza senile. Avrà pensato che era per quello. Si è accorto persino lui quanto è peggiorata negli ultimi tre anni. Jadesola invece ha solo sei anni e non è in grado di capire perché piangevo. Kehinde le ha semplicemente detto che a volte anche il papà ha dei sentimenti molto forti.

Vanno di moda i colori pastello: verde menta, celeste, rosa, crema. La gente viene a cercare un tessuto specifico, qualcosa che si intoni ai loro vestiti. Io li aiuto a trovarlo, contrattiamo un po', se ne vanno felici. E io sono ancora piú felice quando scoprono altre cose che gli piacciono e finiscono per comprare piú roba di quello che intendevano.

È da tanto tempo che vendo pizzi a Ebute Ero. Già prima di sposarmi stavo con mia sorella maggiore in Nnamdi Azikiwe Drive, a tre strade da qui. Sono arrivata a Lagos da Abeokuta nel 1969. Quando ho iniziato, compravamo soprattutto dagli indiani, che avevano una fabbrica a Ilupeju.

Poi il governo non ha piú voluto gli indiani qui e molti sono tornati nel loro Paese. Sto cercando di ricordare qualche nome, ma non ci riesco. Certi, comunque, si avvolgevano la testa con un tessuto, per coprire la fronte. Quando hanno cacciato gli indiani, ci siamo messe a viaggiare noi, siamo state dappertutto. Il primo posto in cui siamo andate è stato Dubai, che è duty-free, poi in Cina e in India. Certo, il lavoro che facciamo è di contrabbando, è illegale importare stoffe. Il governo dice che ci sono già molte aziende che producono tessuti in Nigeria. Ma non si può ingannare la gente: la qualità locale non è buona ed è anche piú cara. In fatto di stoffe, le donne nigeriane non si fanno fregare.

Lo sanno tutti, questo Paese non è adatto alla produzione. Non c'è elettricità, non c'è acqua, non c'è sicurezza. È per questo che gli stranieri sono scappati, è per questo che la qualità locale è scarsa, ed è per questo che abbiamo dovuto iniziare a contrabbandare. I clienti vengono da noi e dicono che vogliono un pizzo particolare. Se ci fossero fabbriche che producono materiale di alta qualità, perché dovrei viaggiare cosí tanto? Ma non ho scelta. Volo a Shanghai e vado via terra a Hangzhou, spiego cosa voglio e loro realizzano per me i prodotti. Poi li portiamo in Nigeria, in piccole quantità, da Lomé o Cotonou. Siamo pazienti.

Molti dei miei affari ora sono gestiti da Bisola. Ho sempre dato importanza all'istruzione per lei, ed è per questo che è stata tua compagna in quella scuola d'élite. Ma le ho anche insegnato che nella vita non ci sono solo i libri e sono orgogliosa che sia una persona cosí pratica. Ora è lei che va a Mumbai per me. Lí c'è un indiano che tratta con i nigeriani da quaranta o cinquant'anni e parla bene yoruba e Bisola sa come trattare con lui. Sono affari di famiglia per lui, come per noi. Si capiscono.

Nella nostra cultura le stoffe sono importanti. *Eniyan l'aso mi*. Se puoi permetterti qualità svizzera a quindicimila al metro, da me la trovi. Se puoi permetterti solo quella cinese, a partire da duemila al metro, ho anche quella. I tessuti e la società sono intrecciati, non si possono separare. Qualunque cosa accada nella vita, per quanto grande sia la felicità o profondo il dolore, bisogna vestirsi come si deve per l'occasione, ed è per questo che la gente viene da me.

Non possiamo dormire con tutti e due gli occhi chiusi. Può succedere di tutto qui, i ricchi stanno proprio appiccicati ai poveri, e i ricchi non sono poi cosí ricchi, altrimenti non sarebbero qui. Eppure c'è chi vive in complessi recintati, ha generatori piú silenziosi e case costruite su un terreno solido. Come diciamo da queste parti, le dita della mano non sono lunghe uguali. In questa città niente dovrebbe sorprenderti. Non si può mai guardare un posto, anche il piú squallido, e dire che nessuno ci costruirebbe una casa. I poveri costruiscono dappertutto o affittano dove trovano perché non hanno scelta. Nel mio quartiere dove finisce la strada asfaltata inizia uno sterrato, poi si arriva a un sentiero in discesa che si può seguire solo a piedi e alla fine ci sono le case aggrappate al fianco della collina. I ricchi sono in alto. Le mura intorno alle loro case arrivano fino al margine della valle. In basso viviamo noi. No, non è nemmeno una valle, in effetti, è un burrone.

Se potessi permettermi di meglio, vivrei meglio. Ho studiato economia agraria e gestione delle aziende agricole a Ilorin, dopodiché ho perso tre anni a cercare un lavoro nel settore. Poi sono arrivato a Lagos e ho dimenticato tutto. Faccio il portiere al Protea Hotel di Ikeja. Non posso andare avanti cosí per sempre, non è questa la vita che sono destinato a vivere, quindi mi concentro sul mio piano di fuga. Se torni fra tre anni, non sarò piú qui. So che non sono destinato a rimanere in questo inferno senza strade, senza luce, senza acqua. Credo che sarò in Canada. Sto completando pian piano le pratiche burocratiche. Dio ha aiutato altri e so che aiuterà anche me. Tengo in tasca una piccola bandiera del Canada, non per ricordarlo a Dio, ma per ricordarlo a me stesso.

Il mese scorso ha piovuto cosí tanto che il muro di cinta di una delle grandi case sopra il burrone è crollato. Non è successo nel cuore della notte, ma verso le sette di sera, quando la gente stava iniziando a preparare la cena. Il muro è crollato verso l'esterno ed è caduto nel burrone. Cemento e fango, è venuto tutto giú. Sulla traiettoria del crollo c'era una piccola casa con una sola camera da letto. Quella sera sono morte due persone, una donna e un bambino. Li conoscevo. La signora Anyiam e suo figlio, avrà avuto nove anni. La gente gridava e abbiamo cercato di salvarli. La donna è morta subito. Il bambino avrebbe potuto farcela, ma con tutto quel fango e il buio… Era vivo quando l'abbiamo tirato fuori, ma ha smesso di respirare poco dopo.

È cosí che si spreca la vita umana, qui. Se non avessi un piano di fuga, non so cosa succederebbe, forse impazzirei. Non si può fare causa per quel muro crollato, nessuno può indagare sul perché gli ingegneri hanno progettato una conduttura difettosa, nessuno può ispezionare il drenaggio in quei complessi là in alto. Il deflusso erode il terreno a ogni pioggia e sarà sempre cosí. Il signor Anyiam per ora sta da un vicino. Sono andato a trovarlo e il suo viso era impietrito. Due settimane fa gli operai hanno iniziato a ricostruire il muro crollato. Tutti quelli che possono lasciare questo Paese se ne vanno. E infatti neanche tu vivi qui. Fra tre anni me ne andrò. Fra trent'anni la Nigeria sarà vuota.

Dopo il diploma sono stato ammesso all'università di Ibadan per studiare filosofia, ma dopo un semestre sono passato a legge. In quegli anni c'erano un sacco di scioperi dei professori e quindi ci ho messo quasi sei anni. Poi ho dato l'esame di abilitazione a Lagos, dopodiché ho fatto l'anno da militare a Jigawa. Come sai, non sono rimasto in contatto con i compagni, se non quattro o cinque persone. Morayo va nella mia stessa chiesa. Chinaza ed Emman mi scrivono ogni tanto su Facebook. Alla fine del servizio militare ho abbandonato la carriera legale. Mio padre aveva un'impresa di costruzioni e, anche se non sapevo niente di edilizia, ho finito per prendere il suo posto quando ha avuto un ictus. Be', non ne sapevo niente allora, adesso ne so abbastanza. E so delegare, che è fondamentale.

Dio santo, mi avete davvero fatto passare l'inferno. Tutti dicono che gli studenti sono malvagi, ma io non so perché ho avuto questa sfortuna. Non ero stupido, non ero maleducato e non ero poi cosí brutto. Ma quando i ragazzini si appassionano a qualcosa, diventa un'ossessione. Due anni fa ho incontrato Damire da ShopRite. Ho capito che mi stava evitando. Se ti ricordi, era lui che istigava tutti. Non l'ho affrontato. Sono passati piú di venticinque anni. Ci siamo salutati e abbiamo lasciato perdere. Ma poi non riuscivo a pensare ad altro.

Dovevamo essere in terza media quando Damire si è messo in testa che sembravo una lucertola. Non faceva ridere, ma ben presto altri si sono convinti che in effetti assomigliavo a una lucertola. E cosí è andata avanti, giorno dopo giorno, mese dopo mese. Lucertola. Entravo in una stanza e tutti tiravano fuori la lingua. Lucertola, sussurravano. Anche tu. Non c'era nessuno che non lo facesse. Cercavo di controbattere chiamandoli con dei soprannomi: Elefante, Quattrocchi, Giraffa, Nerofumo, tutti quegli insulti stupidi che usavamo. Ma nessuno aveva un soprannome brutto e offensivo come Lucertola, lo sapevo io e lo sapevano tutti. E credo che sia stato proprio perché era cosí sgradevole che è diventato la verità. Verrebbe da pensare che se qualcuno viene perseguitato cosí, deve meritarselo per qualche oscuro motivo. Ma non c'è mai stato un motivo. Mi facevano soffrire per niente. Mi facevano soffrire per farmi soffrire. Era questo il motivo: succedeva perché succedeva.

In tutti quegli anni nessuno si è opposto e ha mai detto: okay, basta, lasciamolo stare. Nessuno. La cosa è andata avanti fino in prima, in seconda superiore. Anni di questa roba, di persone che strizzano gli occhi, annuiscono lentamente imitando un rettile, fingono di arrampicarsi sui muri. Damire, come per ribadire la sua scoperta, era sempre il piú sguaiato. Avevo degli incubi tremendi in quel periodo, eppure erano sempre cosí semplici. In effetti avevo un solo incubo ricorrente. Nel sogno dovevo mettere l'uniforme e andare a scuola. Era questo l'incubo. Poi mi svegliavo, mettevo l'uniforme e andavo a scuola.

La situazione è precipitata l'ultimo anno. A casa non parlavo, avevo perso l'appetito e iniziato a prendere voti bassi in molte materie. Poi, come se non bastasse, mi sono venuti degli sfoghi sulla pelle, come se il mio corpo si fosse rivoltato contro di me e stesse partecipando a quello scherzo crudele. A un certo punto ho pensato: non sarebbe meglio farla finita? Perché la morte dovrebbe essere peggiore di questo? I miei genitori hanno capito che c'era qualcosa che non andava e mio padre mi ha costretto a dirgli cosa stava succedendo. Il giorno dopo è venuto a scuola a parlare con la preside Laseinde. Era molto arrabbiato. La signora Laseinde ha convocato le quattro classi dell'ultimo anno, compresi gli studenti che stavano in convitto, come ricorderai, e ha dato a tutti una bella sgridata. Ma io morivo di vergogna al pensiero che mio padre fosse dovuto venire a scuola solo perché mi era stato dato un soprannome. Doveva essere febbraio o marzo del 1992. Eppure, da allora fino a giugno, ogni tanto vedevo ancora qualcuno nei corridoi che tirava fuori la lingua per un attimo o imitava i passetti rapidi delle zampe squamose.

Ho studiato finanza nel Lancashire e poi ho lavorato per vari anni nel settore bancario del petrolio e del gas in Inghilterra, sia a Preston sia a Londra. Poi sono tornato in Nigeria e ho fatto lo stesso qui negli anni Novanta e nei primi anni Duemila. Guadagnavo bene. Ora guadagno ancora di piú con la mia attività di importazione di auto. Quindi posso dire che ho avuto una vita normale, una vita di successo ma normale. Ma la gente è curiosa e cerca una spiegazione per quella che considera la mia unica abitudine strana. Dev'esserci qualcosa che non va in lui, pensano. Qualcuno ha diffuso la storia che mia moglie era morta da giovane, che per quello avevo iniziato a fare quella cosa ogni anno. Ma mia moglie è viva e vegeta, i bambini stanno bene, e io sono un marito e un padre del tutto ordinario. Qualcun altro dice che faccio delle performance artistiche, ma per me non è arte e io non sono un artista. E naturalmente molti dicono che è una cosa malata, ma per me è ignorare la morte che è una cosa malata, perché la morte è proprio qui con noi.

L'aspetto del sàárà è importante perché per un uomo della mia età il funerale, quando arriverà l'ora, sarà una festa. È cosí che funziona nella nostra cultura. Non sono ancora vecchio, ma senza dubbio la mia vita l'ho vissuta. Per questo faccio le prove per il funerale. Me lo immagino come il funerale di qualcuno la cui vita meriti di essere celebrata. Montiamo i tendoni, affittiamo sedie e tavoli e prepariamo cibo per tutto il quartiere. Arriva gente di ogni tipo: gli adulti sono affascinati e anche un po' scettici, i bambini sono semplicemente felici di essere lí. Gli invitati mangiano e bevono. Nel frattempo io resto al piano di sopra, ben vestito nella mia bara fino alla fine del sàárà. Mi preparo per il giorno inevitabile. Non mi interessa evitare l'inevitabile. Non voglio arrivare impreparato.

Ho fatto arrivare la bara dal New Jersey otto anni fa. È di bronzo brunito di un marrone intenso, con decorazioni e accessori in rame. È rivestita di cotone, raso e velluto. Non vedo l'ora di trascorrere quelle ore nella bara per un giorno all'anno. Lí dentro sono immerso in un'oscurità diversa da quella della notte o del sonno. È un'oscurità molto profonda e ovattata che mi dà una sensazione di pace. Nella bara ci sono delle minuscole prese d'aria e quindi ogni tanto sento in lontananza il sàárà che si svolge al piano di sotto. Ma per lunghi minuti il buio è accompagnato da un profondo silenzio. A volte, quando sono lí dentro da un po', sento un suono basso, sconosciuto, che sembra provenire dall'interno. La prima volta che me ne sono accorto ero confuso e leggermente spaventato. Solo in seguito ho capito che era il suono del sangue che mi circolava nel corpo, nella testa. Sentivo, in un modo che non avevo mai notato prima, il suono di me stesso da vivo.

Immaginati in città, magari bloccato nel traffico, a guardare tutti quelli che hai intorno. A cosa stanno pensando? Siamo a Lagos, quindi probabilmente stanno pensando ai soldi. Questa è la condizione comune. Chi ne ha abbastanza ne vuole di piú, chi non ne ha abbastanza ha bisogno di averne di piú. Ma cos'altro c'è? Nessuno sa niente della vita interiore degli altri. Dietro a quegli sguardi un po' vuoti si nascondono problemi, progetti e sogni a occhi aperti. Personalmente, penso ogni giorno alla musica.

C'è una lunga storia musicale in questo Paese, e non solo nei cosiddetti generi popolari. Abbiamo una tradizione di musica sacra e profana. Nella musica sacra, che è quella di cui mi occupo, gli inizi risalgono alla seconda metà dell'Ottocento. Il reverendo Robert Coker studiò organo in Germania nel 1871. Immagina che posti ha visitato, che persone ha conosciuto. Per quanto ne sappiamo, potrebbe anche aver incontrato Brahms. Nella generazione successiva c'era Fela Sowande, che studiò in Inghilterra ma fu il primo vero personaggio di spicco a insistere sul fatto che la musica africana andasse considerata alla pari in queste composizioni. L'influenza di Sowande sulla musica sacra nigeriana è stata fondamentale, ma pochi sanno che si è estesa ben oltre l'Africa. Ha ispirato persino John Coltrane. Eppure non lo sa nessuno. Quanti giovani sanno che Herbert Macaulay, quando non era impegnato a trasformare il paesaggio politico, era un appassionato violinista? Di sera lasciava la calura di Lagos per esercitarsi sulle sonate di Beethoven nella frescura della sua casa.

Qui dirigo il coro e sono anche viceorganista. In aggiunta, insegno musica in due scuole private, una a Ikeja e l'altra a Pedro. Ho studiato alla Cms Grammar School e poi ho proseguito gli studi alla Muson. Sono molto fortunato perché il mio talento è stato riconosciuto. Ho ottenuto il massimo dei voti in teoria, storia ed esecuzione, e questo mi ha permesso di andare al Trinity College of Music. Ma ho sempre saputo che sarei tornato in Nigeria. Questa è casa mia, anche se è un posto assurdo, e credimi, è quasi sempre assurdo.

In passato la musica sacra era associata alle élite. Da un lato, i coloni volevano sempre dimostrare che la loro musica era superiore alla nostra e hanno imposto il teatro musicale vittoriano a coloro che, tra i nostri antenati, erano considerati l'élite locale. Agli inizi del Novecento a Lagos si recitavano le opere di Gilbert e Sullivan. Dall'altro, chi si era liberato dalla schiavitú – brasiliani, saro, cubani – voleva mantenere una certa distanza dagli indigeni. Ma ci sono state due cose che hanno contribuito a contrastare questa tendenza. Prima di tutto il movimento nazionalista, che ha cominciato a chiedersi, con un certo candore, perché dovessimo vergognarci di elementi della nostra cultura che non erano in disaccordo con i principî cristiani. E poi a un certo punto Sowande e altri, come Akin Euba e Ayo Bankole, hanno integrato il canto popolare yoruba nelle loro composizioni, e la gente ha cominciato a sentirsi piú rappresentata.

Sai, mi hai trovato in un momento davvero felice. È martedí pomeriggio e sto riempiendo questa basilica con le mie improvvisazioni. Quella che stavo suonando quando sei entrato è basata su un tema di Händel. L'unico ascoltatore ero io, almeno fino al tuo arrivo. Sono molto felice quando succede qualcosa di inaspettato, quando posso condividere la mia passione con qualcuno che un po' conosce questa musica. Perché l'altro effetto che può avere questa metropoli è spegnere la tua sensibilità. Forse, dato che sei qui solo in visita, per te è piú facile rimanere ricettivo. Ma per chi vive qui è una battaglia quotidiana. Quando mi siedo all'organo, ho l'opportunità di manifestare con tutto il corpo la musica che ho in testa. Il mio spirito si espande, il mio essere si espande per riempire questo spazio, e ogni nota che suono è per la gloria di Dio. Non c'è niente di meglio al mondo.

Lavoravo con tua nonna già da molti anni, quattro o cinque, quando ho conosciuto Stephen. Tua nonna era una signora gentile, non come le persone per cui lavoravo prima. Eravamo amiche. Le facevo anche le trecce, tanto eravamo unite. Mi ha mandato a scuola e ci ho provato, fino alla terza media, ma i libri non sono per tutti e alla fine ci ho rinunciato. Poi ho incontrato Stephen. Faceva l'elettricista, era un bel ragazzo, con la pelle chiara, il tipo di bel ragazzo da cui ti mettono sempre in guardia. Quando sono rimasta incinta, prima ancora di decidere se dirlo o meno a tua nonna, lei mi fa: Remi, sei incinta. Mi ha sempre chiamata Remi.

Prima del parto mi sono trasferita con Stephen nella casa di sua madre a Bariga. Alla madre di Stephen non piaceva che lavorassi come domestica e aveva anche problemi con il fatto che venissi dal Benin. Diceva che dovevo unirmi alla sua chiesa, in cui i fedeli si vestivano di bianco. Ma tutti serviamo lo stesso Dio e io non vedevo il motivo di cambiare, visto che sono cresciuta cattolica. A ogni modo, c'erano troppi problemi con lei e alla fine ho detto a Stephen che dovevamo trovarci una casa tutta nostra. Cosí siamo andati a vivere ad Akoka e io ho iniziato a lavorare come parrucchiera.

Quando vivevamo ancora a Bariga, nostra figlia Grace si era ammalata. Non sapevamo cosa avesse. Era piú di una settimana che prima di addormentarsi piangeva a lungo e che, quando era sveglia, strillava ogni volta che la mettevi sul fianco. Se la tenevo dritta, però, smetteva di piangere. Cominciavo a preoccuparmi. Quando diventi madre, basta una sciocchezza e la tua mente si mette a correre. Ma un giorno abbiamo deciso di andare a trovare tua nonna e lei guarda bene la bambina, la prende in braccio per osservarle attentamente tutto il corpo e sorride. Non è malata, dice. Ci chiede di guardarle le orecchie. Avevamo fatto il buco per gli orecchini e a sinistra il perno premeva dietro il lobo. Era solo il fastidio di quella punta di metallo, nient'altro. Questo succedeva tre settimane prima che tua nonna venisse portata in ospedale, quindi è stata l'ultima volta che l'ho vista.

L'anno successivo ho detto a Stephen che volevo tornare a casa per una breve visita. Lui non voleva prendersi una pausa dal lavoro ed era anche nervoso all'idea di andare in zone che non conosceva. Ma il suo amico Dapo è di Badagry, vicino al confine, e sa il francese. Sarebbe stato una buona guida almeno fino a metà strada. Cosí ci siamo organizzati: la mattina presto io, Dapo e la bambina abbiamo raggiunto Orile in corriera e da lí abbiamo preso l'autobus piú piccolo per Badagry. Il viaggio verso

Badagry è durato circa quattro ore. Dapo era molto calmo e disponibile.

A Badagry abbiamo incontrato la sua famiglia – moglie e figli – e poi noi tre abbiamo continuato il viaggio. Al confine abbiamo attraversato a piedi. Chi era in auto doveva mostrare i passaporti, ma chi era a piedi semplicemente attraversava. Dall'altra parte del confine siamo saliti su un autobus ancora piú piccolo, come un danfo, che ci ha portati verso Cotonou. Dapo mi ha chiesto se riconoscevo il paesaggio, ma era passato tanto tempo, forse dodici anni, e i miei ricordi erano confusi. Quando siamo arrivati a Cotonou, ormai non facevo che ripetermi il nome del nostro villaggio: Joko. Non ricordavo altro. Alla stazione degli autobus di Cotonou, Dapo chiedeva a tutti la strada per Joko, ma nessuno ne aveva sentito parlare. Alla fine qualcuno ha detto: vuoi dire Gbodjoko?, e io mi sono ricordata che si chiamava cosí. Allora il tizio ci ha spiegato di andare a Zinvié, che Gbodjoko era lí vicino, e appena ha pronunciato Zinvié mi è tornata la memoria e ho dovuto trattenere le lacrime.

Alla stazione degli autobus siamo saliti su due mototaxi. Uno portava Dapo, l'altro me e Grace. Abbiamo trovato il villaggio, era a poco piú di un'ora da Cotonou. Quando siamo arrivati era quasi sera, ma c'era ancora un po' di luce. All'inizio nessuno mi riconosceva. Gli abitanti del villaggio uscivano a dare un'occhiata ma erano diffidenti. Poi qualcuno fa: ma questa non è Renée? A quel punto mia madre è uscita urlando. Qualcuno ha preso Grace e mia madre ha cercato di sollevarmi sulla schiena. Avevo già ventun anni, ma mia madre mi portava come se fossi una bambina e non riusciva a smettere di piangere.

Lavoro sotto i ponti. Trovo una porzione di cemento che non sia occupata da cartelloni pubblicitari e ci dipingo il mio murale. Ovviamente, visto che siamo a Lagos, ci vuole l'autorizzazione. Il padre di un caro amico lavora alla Lasaa, l'agenzia statale per la segnaletica e la pubblicità, e mi fa avere i permessi. Al momento sto lavorando alla rotatoria di Falomo. Uso solo pigmenti organici. Il bianco viene dal gesso caolino, il nero dal carbone di legna mescolato con foglie di anunu, il giallo limone dall'argilla di fiume, il ruggine dal legno di sandalo rosso locale. Mi ispiro alla tradizione dell'uli, e ho cercato qualcuno della famiglia di mia madre, nello Stato di Anambra, che conoscesse le tecniche di preparazione.

Per molti qui in Nigeria l'artista è chi dipinge quadri con cui poi i ricchi decorano le loro case. Ma se si guarda alle tradizioni, in larga misura le nostre pratiche potrebbero essere definite arte pubblica. Le danze, le maschere, le feste sono sempre presentate a un pubblico. Bisogna far parte della comunità per assistere all'evento. L'atteggiamento che ho nei confronti della mia arte è simile, nel senso che i soldi o i soliti riconoscimenti non mi preoccupano piú di tanto. Anche se mi capita di essere invitata da istituzioni straniere, non ci faccio troppo affidamento. Per me si tratta di inserirmi nella vita della comunità. In altre parole, voglio essere all'altezza delle mie responsabilità.

Quando ho scelto un ponte, parlo con alcuni ragazzi della zona, spiego che sono un'artista e che passerò qualche giorno lí. Di solito offro un piccolo compenso, come farei se dovessi parcheggiare in un posto che è sotto il loro controllo: al massimo mille naira al giorno da dividere fra tutti, a prescindere da quanti sono. Trovo quello che si presenta come il leader e tratto solo con lui. In questo modo fanno da cuscinetto tra me e qualsiasi eventuale aggressione. Cominciano a chiamarmi «zia» Adaeze, inteso come segno di rispetto. Il mio lavoro li affascina e alcune delle migliori conversazioni che ho avuto sull'ecologia e sulla distruzione degli habitat sono state proprio con questi giovani «non istruiti». Chiedo dei loro villaggi d'origine e del tipo di interazioni che hanno avuto con il mondo naturale da piccoli. I loro occhi si illuminano subito e tornano a essere ragazzi.

Per i disegni, di solito mi concentro sugli animali locali a rischio di estinzione. Per esempio, di recente ho realizzato due libellule, una sottospecie di damigella chiamata *Neurolestes nigeriensis*. Poi ho ritratto il rospo di Perret, che si trova in un solo luogo al mondo, cioè sulle colline di Idanre nello Stato di Ondo. Il rospo di Perret si è adattato perfettamente a questo bellissimo paesaggio antico e ora è sul punto di scomparire per sempre. Infatti era dal 1970 che non veniva piú avvistato, fino a quando, nel 2014, un team di scienziati ne ha individuato una piccola popolazione. Tutti i rospi africani comuni depongono le uova in acqua, ma i rospi di Perret si riproducono in modo semiterrestre, a volte deponendo le uova su pareti rocciose verticali. A toccarmi davvero è l'unicità di ogni animale. La sopravvivenza di un animale del genere è un bene in sé ed è preziosa per la biodiversità ambientale, ma ha anche un valore simbolico. Voglio dire, il mondo naturale ci racconta sempre delle storie. I giorni che ho trascorso a disegnare due grandi rospi di Perret sotto il ponte della fermata dell'autobus di Ikeja mi hanno portata a pensare molto alla potenziale perdita di questa creatura, una creatura cosí resistente che i suoi girini possono nascere su una parete rocciosa.

A Falomo sto lavorando a un colobo rosso del delta del Niger. La caccia e il disboscamento probabilmente hanno ridotto a meno di cinquecento gli oltre centomila esemplari di un tempo. Il colobo rosso del delta del Niger (mi piace come i nomi degli animali possano essere contemporaneamente musicali e goffi) è uno dei primati piú minacciati al mondo. Perché una creatura cosí meravigliosa è sul punto di scomparire? Mentre uso l'argilla bianca e il color ruggine del legno di sandalo per raffigurare il pelo della scimmia, pennellata dopo pennellata sento di immergermi in una sorta di lutto pubblico, come se stessi carezzando il corpo dell'animale morente. E se è vero che la maggior parte degli abitanti di Lagos ha per la testa ben altro che la perdita di una specie, siamo anche un popolo molto sensibile dal punto di vista spirituale. Con la nostra gente è facile avviare conversazioni profonde sul declino delle conoscenze ancestrali. Un tempo sapevamo come relazionarci alla terra e i nostri miti sono pieni di storie sugli animali. Trovo che i nigeriani siano molto attenti a questo tipo di cose e credo che questo spieghi l'aria sognante dei ragazzi sotto il ponte quando gli chiedo di raccontarmi cosa ricordano dei loro villaggi.

Il mio lavoro è fatto di vulnerabilità. Gli animali si stanno estinguendo e l'opera stessa ne evoca la scomparsa. I miei murales non durano a lungo, qualche settimana al massimo, e dopo un po' rimane solo una traccia spettrale, spesso soltanto dove ho usato il carboncino. A volte passo tre giorni interi a disegnare un soggetto, a fare un lavoro certosino sui dettagli, e il quarto giorno qualcuno lo ha già cancellato o coperto di pubblicità. Ma accetto anche questo. Non importa come l'immagine venga cancellata, se dalla pioggia o dalla mano dell'uomo, se dalla natura o dalla cultura. Quello che conta è che ero lí, che ho trascorso quelle ore all'opera, che l'immagine è stata lí, che è esistita e ha prosperato per il breve arco di tempo in cui è durata.

Quando aveva deciso di migliorare alcune delle strade di Amu Ewa, il governo non si era limitato ad asfaltarle ma le aveva anche allargate. Non si trattava di demolire le case della gente, ma solo di modificare quelle che impedivano l'ampliamento. Per compensare l'eliminazione delle parti sporgenti, il governo aveva offerto ai proprietari un indennizzo in denaro. Lungo tutta Ita Oba si potevano vedere queste mezze case tagliate di netto, con gli interni che davano sulla strada. Che i proprietari accettassero o meno il denaro, le case venivano mozzate. Percorrendo la strada si vedevano i colori delle stanze, un mosaico di rettangoli rosa, verdi, azzurri e bianchi delimitati dai bordi grigi dei muri di cemento.

Il cimitero metodista di Amu Ewa si trova lungo Ita Oba. Il perimetro esterno del cimitero oltrepassava il nuovo piano stradale e, guarda caso, la tomba di papà era sul bordo. Le famiglie, compresa la nostra, erano state informate che il governo avrebbe pagato per l'esumazione e il trasferimento dei corpi. Avevamo accettato, ma di fatto non c'era scelta. Quando papà era stato sepolto faceva freddo, ma la giornata dell'esumazione, anni dopo, era calda e luminosa. Eravamo in pochi: io, tuo padre e i tre operai. La mamma non era voluta venire. Non riesco a immaginare cosa dev'essere passato per la testa di tuo padre: aver seppellito il fratello gemello e poi essere lí, ventisei anni dopo, a riesumarlo.

Quando gli operai si erano messi a scavare, avevano scoperto che la bara si era disintegrata, il che non era insolito, ma quello che non si aspettavano era lo stato di conservazione del corpo. Eravamo tutti sconvolti. Sembrava che papà fosse morto da tre o quattro giorni. Era ricoperto di fango e aveva la pelle biancastra, ma sembrava proprio lui, anzi una versione piú giovane di tuo padre. Era stato un vero choc, e tutti cercavamo di capire come poteva essere successo. Piú avanti ho pensato che magari nel terreno c'erano delle sostanze che avevano contribuito a conservare il cadavere; può darsi che fosse gessoso o che contenesse sostanze chimiche fuoriuscite dal cementificio appena fuori città. Ma non si spiegava perché gli altri corpi non fossero conservati altrettanto bene, perché la cosa riguardasse solo quello di papà. I becchini erano terrorizzati. La notizia era girata e la gente aveva cominciato a dire che papà era stato cosí puro e buono che il suo corpo non si era corrotto. Io ero solo una bambina quando era morto e in pratica per tutta la vita avevo sentito dire che era stato un uomo di cuore. Ma vederlo emergere cosí quel giorno mi ha fatto cambiare idea. Era come se la sua morte prematura fosse stata un errore metafisico, come se il suo corpo avesse rifiutato il destino che gli era toccato e per tutto quel tempo avesse aspettato un giudizio piú clemente.

Ho ventisette anni e ho la mania delle tette. Ne vado pazzo. Una volta qualcuno mi ha detto che è perché non ho avuto abbastanza affetto da mia madre. Non penso sia vero. La cosa certa è che voglio una ragazza con le tette abbastanza grandi da poterci appoggiare la testa. L'altro giorno ero con due ragazze e un altro ragazzo. Eravamo a casa di lui e stavamo giocando a Obbligo o verità. Ti sfido a succhiarle un capezzolo, roba del genere. La piú pazza delle due gli ha detto: ti sfido a metterle l'uccello in bocca. L'altra ragazza sembrava molto religiosa e non ne voleva sapere. Ma il tipo si è aperto la patta e ha cercato di metterglielo in bocca. Lei era scioccata e si è messa a urlare, a dire che l'avrebbe denunciato. Denunciarlo? Ma non sa dove siamo? Ci stavamo sbellicando dalle risate. Se n'è andata, sconvolta. Ma penso che dopo un po' si sia calmata.

A ogni modo, appena se n'è andata, ho sfidato la pazzerella a fare un pompino al mio amico. E quando lei si è messa a leccarglielo ho pensato: e io? Non mi piace stare a guardare. E cosí l'abbiamo fatto in tre. Poi il mio amico ha chiamato un'altra ragazza ed eravamo di nuovo in quattro e anche quello era super, simmetrico. Ci sono orge a ogni livello sociale a Lagos. Non è solo una cosa da ricchi o da borghesi. Io non sono ricco. Tutti sono religiosi, ma il corpo non è legna da ardere. Mi piace dire che in Nigeria siamo cristiani in teoria e satanisti in pratica.

Ma devi fare attenzione a chi frequenti. Ci sono ragazze della mia età che vanno in giro in Range Rover. Ne conosco una, fa l'insegnante, che ha anche un appartamento suo a Lekki. Non ci vuole un genio per capire che cosa c'è sotto se un'insegnante guida una Range. Tutte le ragazze arrotondano cosí. Fatemi vedere una persona che non è compromessa, una sola. Ma devi stare davvero attento al malocchio. Soprattutto se ti sbatti una che non è al tuo livello. Sai cosa intendo? Magari vuole incastrarti. Prende un campione del tuo seme, lo porta da un babalawo e sei fregato. A me è successo. Ho scopato una ragazza ijebu e da quella volta non sono piú riuscito ad andare con Lucia. Da piú di un anno non ho un'erezione con Lucia né con nessun'altra. Pensavo: sarà che ho la coscienza sporca? Sarebbe divertente perché non ho la coscienza da un sacco di tempo. Le sigarette? L'alcol? Ma no, penso davvero che quella Ijebu mi abbia lanciato una maledizione. Non per offendere, ma voi Ijebu siete famosi per avere la magia juju piú potente di tutta l'Africa. C'era questa tipa qualche settimana fa, la mia vicina. È una maniaca sessuale, secondo me. Anzi, ne sono sicuro, parere di esperto. Vecchia, verso i quaranta, ma supersexy, tette pazzesche. Le guardi e pensi solo a un cuscino. E comunque, mentre le parlavo al telefono e le dicevo tutto quello che le avrei fatto, ce l'avevo duro. Ma poi, quando sono arrivato a casa sua e mi sono spogliato, non sono riuscito a farmelo rizzare. Che imbarazzo.

Quando scopo, non uso nessuna protezione. Non è che non credo nell'Aids – ho visto un sacco di casi quando studiavo medicina, è una malattia terribile –, è solo che non penso sia cosí contagiosa ormai. In un certo senso non penso mi possa venire qualcosa. Non mi fraintendere: lo so che c'è il male nel mondo. Alcune di queste ragazze sono abbastanza pericolose da farti un «jazz». E penso che ci sia qualcosa di un po' triste nel sapere che c'è cosí tanto male nel mondo, cioè, nel saperlo e riuscire comunque a vivere come se niente fosse. È triste. Voglio dire, la mia situazione è tragica. Hai visto *Il cavaliere oscuro*? Ho letto da qualche parte che recitare quel personaggio ha ucciso Heath Ledger. C'è un lato positivo in questo, vuol dire che quel ragazzo aveva ancora qualcosa di innocente. Mi ha fatto pensare che niente può fare scherzi alla *mia* testa, ormai. Vado per la mia strada. Due uomini e due donne, tre uomini e una donna, quattro donne e un uomo. Un tempo già solo l'idea di un'orgia mi avrebbe sconvolto. Ero un ragazzino cosí tenero. La mia innocenza è sparita.

Ero alle superiori la prima volta che mi sono fatto una sega. Come quasi tutti, l'ho scoperto per caso. La mia mano si era avventurata lí intorno e ha iniziato a muoversi per i fatti suoi. Ma mi ricordo bene che quando sono venuto il mio corpo è come esploso e ho pensato: che roba, che bellezza! Quel giorno sono diventato davvero me stesso. Poi in università, alla Unilag, è iniziato il sesso vero e proprio e da allora non ho piú smesso.

Nel 1997 mi sono ritirata dall'insegnamento di arti teatrali a Ibadan, ma la mia famiglia è originaria di Lagos e sono cresciuta a Isale Eko. Siamo Awori. Dopo ventun anni all'università di Ibadan mi piaceva l'idea di tornare. Avevo un'amica, la signora Ademulegun, il tipo di persona sempre a caccia di nuove opportunità. Io preferisco non pensare troppo a queste cose, ma lei è una di quelle donne con una mentalità imprenditoriale che cercano sempre l'occasione buona. Comunque, poco dopo essere andata in pensione (presto, avevo solo cinquantadue anni all'epoca), stavo cercando di capire come occupare il mio tempo. Proprio allora lei mi ha parlato di una proprietà a Surulere.

La casa e il terreno appartenevano alla vedova di un italiano. La signora aveva ancora un mutuo sulla casa e se ne voleva sbarazzare. Io ho detto alla signora Ademulegun che non potevo permettermi nulla di cosí costoso e che non capivo perché me lo avesse proposto. Ma nello stesso momento ho rivisto un tipo che conoscevo, un certo Chibuike che lavorava in banca, un signore perbene, e lui ha detto che poteva organizzarmi un prestito con l'Uba, la sua banca. I sette milioni di naira, insieme alla mia liquidazione dall'università, mi hanno permesso di acquistare la proprietà della vedova e di iniziare a ristrutturarla.

Sapevo di voler costruire una scuola. All'epoca il business dell'istruzione era in pieno boom. In ogni strada spuntava una scuola privata ed era il genere di cosa che tutti pensavano di poter fare. Ma io volevo proporre qualcosa di piú specializzato. Visto che mia sorella è audiolesa e io sono sempre stata sensibile alle esigenze dei portatori di questo handicap, ho pensato di aprire una scuola privata per non udenti. Conoscevo già la lingua dei segni britannica, cosí ho seguito una formazione supplementare, ho fatto un po' di ricerche e ho iniziato a fare progetti. Non doveva essere una Ong, ma sapevo anche che non sarebbe stata una macchina da soldi. Ho investito nel progetto tutta la mia liquidazione, piú o meno trecentomila naira, una cifra importante a quel tempo. Quando la scuola è stata aperta, avevamo medie e superiori. Gli standard delle scuole private variano molto in Nigeria e c'è poca supervisione da parte del governo. La gente fa un po' quello che vuole, in realtà. Oppure, dove ci sono delle regole, vengono aggirate con le tangenti. Ma io mi reputo una persona seria: se devi fare qualcosa, fallo nel migliore dei modi.

La scuola ha dato un contributo reale. Alcuni dei miei diplomati sono convinti che non avrebbero avuto la possibilità di cavarsela in società, altrimenti; l'educazione che hanno ricevuto ha fatto davvero una gran differenza per loro. Non bisogna dimenticare che stiamo parlando di una società in cui si pensa ancora che la sordità sia contagiosa, che sia una specie di ritardo mentale. Proprio ieri è venuta a trovarmi una mia ex studentessa, una ragazza che si chiama Bright. Era cosí energica e gioiosa, mi ha ricordato le recite scolastiche che organizzavamo. Una volta abbiamo fatto il *Macbeth*. C'è qualcosa in *Macbeth* che funziona sempre bene in un contesto africano, tutte quelle streghe, il sangue, la lotta per il potere. È come leggere la rubrica di società del «Punch» o del «Sun». Ma c'era anche il tema della messa in scena in un contesto di audiolesi. Dico sempre che c'è abilità nella disabilità e vedere giovani come Bright che recitano Shakespeare con la lingua dei segni è un'esperienza che ti trasforma. «E spegniti corta candela! La vita non è che un'ombra in cammino».

Purtroppo dopo qualche tempo la scuola non era piú sostenibile. Era difficile trovare insegnanti che conoscessero la lingua dei segni britannica e, anche se le nostre rette erano basse e offrivamo borse di studio, avevamo difficoltà a riscuotere i pagamenti. Era un'emorragia, in termini di denaro. Alla fine la stavo sostenendo con la mia pensione e non poteva andare avanti cosí all'infinito. Perciò ho pensato: chiudiamo la scuola e avviamo qualcos'altro. E allora ho ristrutturato l'edificio come locale notturno e ho trovato dei giovani che lo gestissero. Almeno adesso si sta ripagando da solo. La gente dice: ma signora Iyinola, avere un locale notturno non è da lei. E io rispondo sempre: una persona può essere molte cose. Gli affari sono affari e i soldi non puzzano.

Mio marito è molto esigente in fatto di camicie, se le lava da solo o le porta in lavanderia. Charity abitava con noi da poco e ne ha lavata una senza il suo permesso. Come prevedibile, non era abbastanza pulita per i suoi standard. Si è lamentato del colletto e dei polsini e le ha chiesto di non toccare piú le sue camicie. Ma lei ha agito alle sue spalle e la seconda volta ha fatto un lavoro perfetto. Che scelta aveva lui? Si è arreso e ora lei gli lava sempre le camicie. Lo dico per dare un'idea del tipo di persona che è quella ragazza. È incredibilmente motivata. La realtà è che certe donne sono piú fortunate di altre. Chi finisce con me e Chibuzor viene trattata bene, ma molte altre si trovano in brutte situazioni. Nella casa dove lavorava prima, Charity è stata violentata dal marito e naturalmente non poteva dirlo alla moglie. Non poteva dirlo a nessuno, perché nessuno le avrebbe creduto. A me l'ha detto solo perché l'ho interrogata il giorno in cui l'ho assunta. Le ho chiesto del suo passato, dove aveva lavorato, perché se n'era andata, e cosí via. È una bella ragazza, anche se a volte si veste in modo troppo provocante. Ma il fatto è che Charity aveva aiutato a crescere quattro dei figli di quell'uomo. Lui e sua moglie avevano intenzione di mandarla a scuola. Poi c'è stato lo stupro.

Comunque, mesi dopo averla assunta, un giorno ero fuori e ho mandato il mio autista Baba Sunday a casa per lasciare delle cose. Lui è entrato e ha cercato di violentare Charity. Quando sono tornata quella sera, lei mi ha raccontato cosa era successo. Non volevo parlarne con l'autista, ma Chibuzor mi ha detto che avrei dovuto. Cosí il giorno dopo gliel'ho chiesto e ovviamente lui ha negato. Ma quel giorno ho sentito Charity parlare con lui. Di solito non parlano. Cosí le ho chiesto cosa si stavano dicendo e lei mi ha risposto che lui le stava chiedendo se si era rifiutata di salutarlo per quello che era successo il giorno prima. Era un indizio che stava dicendo la verità. E poi la cuoca mi ha confessato che Charity le aveva detto che io non le credevo. Allora l'ho presa da parte e ho detto: Charity, non è che non ti credo, ti credo eccome. Voglio solo ascoltare la versione di tutti.

Avrei potuto licenziare Baba Sunday, ma a cosa sarebbe servito? È un uomo anziano, ha piú di sessant'anni, è cristiano, rispettato nella sua chiesa. Non sono scuse, ma non credo che ci riproverà. Gli ho detto: so cos'hai fatto, voglio che tu lo sappia, so che la ragazza non sta mentendo, hai sbagliato, hai proprio sbagliato. L'ho affrontato e poi ho lasciato le cose come stavano. Ora mi assicuro semplicemente di non lasciarlo solo con le mie figlie.

Nel mio palazzo ci sono quattro appartamenti. Qualche tempo fa una delle mie vicine ha assunto una ragazza e dopo un po' ho notato che questa ragazza era sempre mogia. Allora l'ho chiamata e le ho detto: la donna che ti ha assunto è gentile, se non ti senti a tuo agio qui non sarai felice, devi trovare una soluzione. Lei allora mi ha confidato che, quando l'hanno portata via dal posto dove lavorava prima, le hanno detto che sarebbe tornata a casa.

Ma era una bugia e si è ritrovata con dei nuovi padroni. Succede spesso, queste ragazze sono sperdute. A peggiorare le cose, di solito non hanno il telefono e non possono comunicare con le loro famiglie. L'intero sistema delle ragazze che fanno le pulizie è brutale. Un'altra delle mie vicine tiene la sua domestica chiusa fuori casa durante il giorno mentre lei è al lavoro in aeroporto. Perché fare una cosa del genere? La ragazza deve rimanere seduta davanti a casa tutto il giorno, sotto il sole cocente, dalla mattina alla sera. E questo perché la mia vicina ha paura che le rubi qualcosa. Te lo immagini? Perché un essere umano arriva a essere cosí crudele? Ma non si tratta solo delle domestiche. Uomini che abusano delle loro fidanzate, mogli che vengono picchiate. Queste cose succedono piú spesso di quanto si possa pensare.

Fumavo solo sigarette. Non molto tempo dopo che avevo iniziato a lavorare con il signor Korede, era arrivato anche Lawrence. Quando gli ho raccontato che avevo problemi a mangiare, che spesso non avevo fame, mi ha fatto provare la marijuana, diceva che mi avrebbe messo appetito. È vero, ho iniziato a mangiare di piú, ma poi sono diventato dipendente. Andavo dai ragazzi hausa vicino al Long Bridge, quelli che vendono i montoni. Lí ci sono dei posti dove la gente fuma roba di ogni genere. La marijuana mi ha trasformato, io non sono cosí. Ho cambiato carattere. Anche le cose che normalmente avrei gestito con molta cautela, le facevo senza pensarci. Perfino il giorno in cui ho lasciato il lavoro avevo fumato. Piú tardi mi sono reso conto che il mio carattere non era piú riconoscibile, che la droga mi aveva cambiato. Cosí ho iniziato a implorare Dio di salvarmi, di liberarmi da quello spirito maligno.

Il giorno in cui mi sono licenziato avevo anche bevuto vodka. Ero fuori di testa. Poi ho capito che quel lavoro tranquillo mi piaceva. Non voglio un lavoro che mi faccia male. Per questo voglio tornare qui. Forse puoi pregare il signor Korede per me. Non mi ha trattato male, mi ha dato tutto, sono io che ho sbagliato. Gli ho già parlato e mi ha detto che hanno assunto un altro e non c'è piú lavoro. Ma forse se glielo chiedi tu può perdonarmi e riprendermi. Ho cambiato vita. Sono rinato, in realtà. Per sette giorni ho dormito nella Best Living Church. Ho pregato e digiunato e credo che lo spirito maligno sia uscito dal mio corpo. Poi ho lasciato la chiesa, ma non sapevo dove andare. Da tre giorni dormo in un edificio abbandonato a Isheri. Ho soltanto una piccola borsa che tengo nel negozio di un sarto. Tutti i miei soldi sono spariti. Quando avevo il lavoro, li usavo per comprare da bere ai miei amici. Ora sono al verde. Se non trovo presto una soluzione, ho paura che questa città mi farà fuori.

Sto andando sempre piú giú. Ho pensato di tornare ad Agbor, ma non riesco ad affrontare mia madre con questa vergogna. E non posso nemmeno tornare a Warri. Ci sono troppe bande criminali e mi porterebbero di nuovo sulla strada sbagliata. Il mio problema principale adesso è che non ho soldi. Sto andando sempre piú giú. Non mangio da ieri e la fame si fa sentire. Però, anche quando vedo del cibo, non mi va. Se mi guardi ora, vedi una persona che sta affondando. Lo spirito maligno è uscito, ma io sto affondando.

Le persone che chiamano non vogliono parlare con me. Cosa sanno davvero di me? Chiamano per essere ascoltate e per sentire una voce comprensiva all'altro capo del filo.

Si dà il caso che quella voce sia la mia. Non ci sono molti posti in questa città dove si possano fare conversazioni del genere, dove le persone non si sentano giudicate per il loro livello di istruzione, la classe sociale o la padronanza dell'inglese. E poi, certo, alla radio le apparenze non contano. Chi chiama non deve rendersi presentabile e in genere non ha idea del mio aspetto. Di me conoscono soltanto la voce.

E cos'è questa voce? Molte cose insieme: abbastanza giovane da permettere loro di chiamarmi per nome, abbastanza matura da spingerli a confidarmi le loro angosce, abbastanza seducente da farli sentire inclusi nel gioco dell'intimità, abbastanza innocente da rispettare le regole della trasmissione, abbastanza femminile da adattarsi all'idea che gli uomini hanno di una bella donna, abbastanza forte da far capire alle donne che non sono una tipa debole. E poi ci sono le loro voci. Quattro sere alla settimana mi ritrovo in questa foresta di accenti e mi piace moltissimo. Ci sono tanti accenti a Lagos, da quello signorile a quello piú grezzo, ci sono accenti arricchiti dai residui di varie lingue native e ci sono accenti inglesi e americani di gente che non ha mai lasciato la Nigeria.

Che la conversazione riguardi l'amore, il denaro o la famiglia, tutto è accentuato dal fatto che siamo a Lagos. La gente adora parlare, vuole raccontare di essere rimasta bloccata nel traffico, di essere stata truffata, di aver ricevuto un servizio pessimo al ristorante e di certo vuole parlare di questioni di cuore. Ogni settimana sembra che ci sia una versione diversa di: pensavo che stessimo insieme, ma ho scoperto che lei esce con un altro. Oppure di: anche se abbiamo avuto un figlio, lui non vuole lasciare la moglie. È dura là fuori. Cosa posso dire se non «eeya». Una parola che contiene moltitudini.

Ascolto e distribuisco la giusta dose di affermazioni empatiche, risate incoraggianti e consigli sensati. Funziona perché so che si tratta di un'interazione al tempo stesso superficiale e seria con una persona di cui so pochissimo, una persona le cui convinzioni sono probabilmente molto diverse dalle mie. Se parlano di politica cambio discorso, non perché sia un tema pericoloso, ma perché è noiosa e non possiamo rischiare di annoiare, alla radio. All'altro estremo, dato che si tratta di sconosciuti e che siamo in diretta, io e il mio produttore siamo sempre pronti a chiudere una conversazione prima che vada fuori controllo. Ma di rado dobbiamo interrompere la conversazione perché qualcuno diventa aggressivo. La gente sa come comportarsi.

Condurre questo programma radio mi ha insegnato a rispettare i miei concittadini. Ogni persona che incrociamo in strada, ogni volto nella folla, molto probabilmente si trova ad affrontare qualche problema difficile. Sembra sentimentale, ma è vero: questa città ti mette alla prova ogni singolo giorno, è un esame quotidiano di pazienza, e io mi sforzo davvero di immaginare quello che le persone stanno attraversando. È una cosa che ho imparato dallo yoga. Parliamo su Fresh Fm, in un ambiente totalmente pubblico, ma riusciamo a far passare qualcosa di personale, a percepire l'essere umano all'altro capo del filo. Non risolvo i problemi di nessuno, non sono un medico o un terapeuta o un sacerdote, ma credo che alle persone dia conforto anche solo il semplice fatto di poter chiamare una sconosciuta di notte o di poter ascoltare altri che lo fanno. Il mio programma è uno spazio di tenerezza in una città dove la tenerezza è rara. Anzi, direi di meglio: in questa città ce n'è molta, di tenerezza, solo che non viene ascoltata, e il mio programma cerca di darle uno spazio. Ogni chiamata è tre o quattro minuti di qualcosa che classifichiamo come intrattenimento ma che in realtà è molto di piú.

È davvero strano che io sia finita a fare questo lavoro. Ho studiato architettura. L'idea era di entrare nello studio di mio padre, come compito di ogni brava figlia che si rispetti. Ma la vita aveva altri piani per me. Ho scoperto che la mia voce era il mio piú grande talento, il che è buffo perché a scuola mi prendevano in giro perché era cosí profonda. Per quanto riguarda il fatto che da anni ho una relazione con una donna, be', non tutti devono saperlo. Certi lo sanno, altri no. L'importante è che io ricordi dov'è il mio centro, dov'è la mia base. L'amore è il centro, tutto il resto scaturisce da lí.

Quella sera mi ero lasciato alle spalle la rotatoria di Costain verso le cinque e mezzo e mi ero immesso subito nel traffico. Poco prima aveva piovuto e le strade erano allagate fino a Ojuelegba e poi a Jibowu e oltre. Tola mi aveva mandato un messaggio per avvisarmi di evitare la superstrada perché un'autocisterna si era ribaltata a Oregun. Incidenti del genere portano spesso a terribili incendi, perché la gente tenta di fregare il diesel o la benzina. La scelta migliore era Ikorodu Road, mi aveva detto. Il traffico era rallentato. La gente camminava per strada in mezzo all'acqua e potevo solo immaginare come sarebbe stata la situazione a Victoria Island in quel momento. V.I. è una zona perennemente alluvionata, ma il governo sta costruendo una nuova città sulla discarica di fronte, una porzione di Atlantico che è stata ricoperta, di sicuro l'idea peggiore che abbia mai sentito, un disastro futuro assicurato. Mentre attraversavo la terraferma, continuavo a pensare a tutta l'acqua in arrivo e alla sua inevitabile vendetta finale. Sono stato un'ora e mezza su Ikorodu Road passando lentamente davanti all'ospedale ortopedico di Igbobi, dove mia zia aveva lavorato come chirurgo, davanti al quartiere un tempo placido di Palmgrove, dove avevo vissuto da ragazzo e dove ora potevo vedere neri pennacchi di fumo di piccoli incendi non identificati, e poi davanti a Obanikoro, dove mio padre aveva insegnato alla Baptist Academy, e davanti alla Maryland, dove avevo fatto i miei primi tre anni di scuola elementare. Tra le auto zigzgavano vari venditori ambulanti. Non avevo mai notato come ogni tratto di questo percorso racchiudesse dei ricordi personali, come la città sembrasse uno di quei film girati in un'unica ripresa dal finestrino di un'auto in movimento. Quando ho svoltato su Mobolaji Bank Anthony Way, il cielo era scuro e l'aria un misto di gas di scarico, spruzzi e nebbia. Il traffico si è alleggerito un po' all'altezza di Leventis, ma ha rallentato di nuovo vicino al Lagos Country Club. Anche qui c'era un allagamento e i Keke Marwa passavano con le tre ruote semisommerse. Erano quasi le otto ormai. La sera era animata dai rumori dei clacson e dei venditori ambulanti. Alla fermata dell'autobus di Ikeja, sotto il ponte, ho visto quelle che sembravano due enormi rane disegnate con il gesso che quasi galleggiavano sulla superficie del cemento, illuminate con effetto stroboscopico dai fari dei veicoli in movimento. Mentre mi facevo strada nel caos di auto e danfo, ho visto i mercanti di abiti usati di Ikeja e le loro bancarelle con le luci al neon. Tra due bancarelle c'era un uomo accovacciato a defecare. Passando davanti alle statue in lotta di Fela e di Awo su Obafemi Awolowo Way, mi è tornata in mente la notte in cui avevo incontrato il poliziotto pazzo che aveva cercato di strangolarmi vicino all'incrocio di Allen Avenue: mi ero salvato solo grazie alla prontezza di riflessi di Tola e alla sua esperienza in materia legale. Erano le otto e mezzo ormai e stavo superando il centro commerciale Ikeja City Mall quando ho sentito un boato tremendo e ho visto una grande palla di fuoco alzarsi nel cielo a circa mezzo chilometro di distanza, ad Alausa. La curiosità ha avuto la meglio e mi sono diretto verso quel quartiere, dove una folla in preda al panico si era subito radunata per assistere all'improvviso pandemonio, peggiorando le cose. Un'autocisterna aveva preso fuoco e una banca vicina era in fiamme. Per fortuna l'autocisterna era vuota e, data l'ora, anche l'edificio, o almeno cosí sosteneva il portiere sconvolto. Le persone correvano di qua e di là, impotenti davanti alla conflagrazione, con l'acqua ai polpacci e i volti sudati che brillavano tra le fiamme. Dopo mezz'ora sono uscito dalla deviazione di Alausa per immettermi di nuovo nel traffico verso casa, mentre la città annegava e bruciava.

Sette

Al suo ritorno si rese conto che l'acqua è ovunque, o meglio che la città sembra uno specchio d'acqua attraversato da lingue di terra. La città è orientata su un asse est-ovest con una laguna sopra, un oceano sotto e un gran numero di insenature, torrenti e canali nel mezzo. Ma questa descrizione di fatto si annulla affermando che in realtà l'orientamento è nord-sud, con l'agglomerato urbano che si estende su entrambi i lati di un lungo fiume sottile, i cui emissari si irradiano verso l'esterno man mano che la foce si avvicina. Se si chiede a chi ci abita se la città va da est a ovest o da nord a sud, i piú si concentrano solo su una di queste descrizioni perché considerano l'altra una semplice superstizione. Per chi la ritiene delimitata dalla laguna e dall'oceano, la città è sempre esistita e ha dimensioni e popolazione stabili. Per chi invece la ritiene orientata in direzione nord-sud, la città era un villaggio a malapena degno di questo nome fino all'Ottocento, villaggio che nel Novecento ha conosciuto una crescita esplosiva e che oggi, nel XXI secolo, continua a espandersi sempre piú a nord, allargandosi appena ma crescendo come un alberello verso il cuore del continente. I «nord-sud», forti della nuova ricchezza, sostengono che è stato proprio questo disaccordo con gli «est-ovest» a portare alla guerra intestina di fine Ottocento, durante cui migliaia di persone che condividevano lingua e stirpe si sono massacrate a vicenda e alla fine della quale la famiglia regnante della città è cambiata per sempre. Gli «est-ovest», che tradiscono solo una lieve traccia di amarezza, siedono nei loro salotti pieni di opulenti mobili ereditati e dicono che la guerra non c'è mai stata. Quando si esamina una qualsiasi cartina geografica in quelle case, si nota che sono rappresentati solo due punti cardinali, l'est e l'ovest. Per loro il nord e il sud non esistono e qualsiasi cosa al di là della laguna è un'invenzione.

Ma al suo ritorno pensò che la città ricordava i terminali informatici delle banche d'investimento, il cui schermo è una cascata costante di numeri che trasmettono informazioni arcane su operazioni, scambi, ansie e cambiamenti del sistema finanziario, non solo perché una quantità insolita di persone in città è di fatto coinvolta nella cosiddetta industria dei servizi finanziari, dove ingenti somme di denaro vengono spostate in base ad algoritmi che non producono altro che miseria per la maggior parte degli esseri umani, ma anche perché tutti gli abitanti della città, a prescindere da che lavoro fanno, sono ossessionati dalle proprietà mistiche dei numeri. Sui giornali e nelle trasmissioni radiofoniche, nel frastuono di voci che si incrociano in strada, si parla di frazioni e percentuali, di tassi di interesse e margini di profitto. In nessun altro posto al mondo ha visto file cosí lunghe davanti alle agenzie di scommesse, uomini e donne che aspettavano il loro turno per tentare la sorte su eventi lontani come corse di cavalli e incontri di boxe. Al posto di una religione nazionale c'è la lotteria, il che fa passare l'idea brutale che la vita ha senso solo quando ci sono pochi vincitori e molti perdenti. Chi conosce il calcolo infinitesimale viene onorato come un principe e chi sa qualcosa di statistica è trattato come un sacerdote. La speculazione è diffusa, l'isteria è contenuta a fatica e i cittadini scommettono su qualsiasi cosa: se l'inflazione salirà dal 15 al 20%, se il prezzo del pane raddoppierà nel prossimo anno e quale, di due arance mature, cadrà per prima dall'albero. La situazione economica è pericolosa e molti si rifugiano nel gioco con i numeri in un futile tentativo di vendicarsi del modo in cui i numeri si prendono gioco di loro.

Ma al suo ritorno scoprí che non si può sfuggire alla sensazione di muoversi in una scenografia. Le ombre sono troppo nitide, i panorami troppo ordinati, le case sembrano di cartone, le banche di compensato, le scuole di polistirolo, i ponti semplici proiezioni o sfondi, come nell'atelier di un pittore. Ma la gente, in netto contrasto con il carattere inconsistente della città, pare stranamente solida. In questa metropoli tutti sono ben incarnati, come stelle del cinema in una realtà alternativa. Se la città è bidimensionale, i suoi abitanti sono quadridimensionali. Hanno una bella carnagione scurita dal sole e camminano con un'eleganza che non è studiata, ma specchio dell'orgoglio istintivo per le proprie membra. E tutti, dai piú magri ai piú in carne, sono cosí a loro agio nel proprio corpo e nelle proprie capacità da sembrare sempre della taglia perfetta. Piú che camminare in modo aggraziato, a loro interessa ballare bene, il che non ha niente a che fare con i passi studiati ma solo con l'istinto per il ritmo. Certo, non sono privi di una certa arroganza, perché degli stranieri che non sanno ballare dicono che «fanno piangere la danza». Queste persone considerano fondamentale essere nel proprio corpo e non si sentono sminuite dalla propria tendenza a ignorare la sfera intellettuale. Nel loro ethos la seduzione è un punto d'onore, quindi si seducono a vicenda tutto il giorno, con i corpi che sanno di sudore, feromoni e irrequietezza. È una città in cui si fa l'amore con la gioia fremente delle prime volte, la solennità dei becchini, la disinvoltura dei professionisti, il vigore dei pervertiti e l'instancabile ardore degli immortali, in cui ogni movimento è una promessa di infiniti altri. Di fronte a questo paradiso sibaritico il viaggiatore potrebbe voler restare per sempre, ma ben presto la stanchezza si insinua e affiora il sospetto che il piacere non sia sempre piacevole, che ci possa essere qualcosa di marcio sotto quella vitalità e che l'unica cosa da fare con questa consapevolezza sia proseguire il viaggio.

Ma lui tornò e vide che la città luccicava all'orizzonte come un filo d'argento, un miraggio a cui ci si avvicina senza mai raggiungerlo, finché all'improvviso ci si trova al suo centro. La città non ha periferie: sembra ancora lontana e poi d'un tratto si è circondati dalla folla. La folla è tutto e il senso dell'esistenza in questa città è stare con milioni di altri. I governanti si aggrappano ai loro piccoli privilegi, ma le strade sono democratiche. Le cose funzionano senza l'aiuto del governo. D'altronde, cosa farebbe la gente se dovesse rinunciare al suo passatempo preferito, cioè lamentarsi della politica, quella grande astrazione davanti alla quale depositare tutti i propri dispiaceri? La città è unica perché non ha né aristocratici né intoccabili, i suoi cittadini sono radicalmente uguali. Questo non vuol dire che non ci siano differenze visibili, ma nessuno dubita di quanto siano temporanee e contingenti. Il miliardario incrociato oggi potrebbe essere in prigione per frode domani e il mendicante che supplica nel traffico questo pomeriggio potrebbe trovarsi in possesso di una ricchezza illimitata in meno di un anno. Nessuna condizione è permanente. Il punto, insistono, non è solo la mutevolezza delle circostanze, ma il fatto che la memoria tende all'oblio. Ogni giorno è nuovo in città. Per questo non ci sono resti antichi né innovazioni tecnologiche, e per questo i cittadini vivono in un presente in continua evoluzione. È una città in cui esistono i secondi, le ore, i giorni, le stagioni, le epoche, l'idea di presto e tardi, ma in cui non c'è una parola per «tempo», come se il tempo stesso, separato dalle finalità pratiche, fosse un costrutto teorico senza alcuna utilità. In questa città di folle ogni tanto i cittadini escono in massa nelle piazze piú grandi e nei viali piú ampi per mostrare la cruda realtà di un popolo, come se fossero convinti che riunendo i corpi in pubblico tutto sia possibile.

Ma al suo ritorno si rese conto di venir contraddetto a ogni angolo. Molte case sono in adobe e altri materiali umili, ma il tetto è di un metallo lucido straordinariamente versatile e durevole. I centri commerciali immacolati brillano come porcellana, ma i negozi al loro interno vendono solo semplici prodotti fatti a mano. Il paesaggio stradale è un tale caos che a volte gli sembra di trovarsi di fronte a un'installazione di arte contemporanea, ma l'apparenza di disordine lascia presto il posto alla consapevolezza che tutto ciò che si presenta ai suoi occhi è stato scelto con cura, in un delicato equilibrio tra elementi in apparenza opposti. Le decisioni rapide sono tipiche degli abitanti di questa città, dove in due secondi e con una sola occhiata altezzosa le donne possono determinare il valore di un pezzo di stoffa e capire se è di qualità o meno. Questa capacità di distinguere in un attimo sapori, colori, profumi, materiali da costruzione, parti di automobili e strumenti musicali è diffusissima e si estende persino alle bare in cui si seppelliscono i morti. Non si tratta di un'abilità che le persone mettono in campo semplicemente per intrattenere o fare colpo. I cittadini non sono intenditori superficiali. La loro visione a raggi X è piuttosto una questione di sopravvivenza in un luogo in cui il caso gioca un ruolo fondamentale e in cui il destino minaccia sempre di oscurare i cieli e scatenare il diluvio. A chi non ha affinato questo senso, la città può sembrare una foresta impenetrabile, o addirittura ostile come una sala degli specchi. Una mossa sbagliata potrebbe essere fatale e quindi nessuno fa mosse sbagliate. È il motivo per cui un forestiero non dovrebbe mai andare in giro senza una guida locale. Alcuni agglomerati urbani hanno un piano, una tavola che li ritrae prima della fondazione, o una mappa, una rappresentazione schematica contemporanea. Questo no. La coreografia che lo tiene insieme sarebbe sorprendente se potesse essere osservata in un unico colpo d'occhio, ma non è possibile in una metropoli che cambia piú velocemente di quanto si possa descrivere e che tollera la cartografia solo in scala uno a uno.

Ma al suo ritorno trovò la città cupa e fu tentato di definirla un paesaggio post traumatico, solo che sarebbe stato come suggerire che il trauma era passato. È una città di sofferenze inespresse: le parole non dette dei dissidenti scomparsi, il vuoto all'altro capo della linea telefonica del ricattatore, il silenzio dopo un linciaggio, il brivido dopo un pestaggio, l'abisso dopo un abuso infantile, l'immobilità dopo un omicidio, l'orrore muto dopo uno stupro, le speranze a lungo coltivate che svaniscono senza un suono come una goccia d'acqua sul velluto. Questa devastazione silenziosa è solo un lato della città, quello che si vede se si arriva di giorno. Ma chi arriva di notte potrebbe pensare di essere da tutt'altra parte. Il vocio di una discussione qui, un grido di protesta là, un coro gospel, il richiamo del muezzin, tre o quattro generatori scoppiettanti, schiamazzi alla fermata dell'autobus e alla stazione dei taxi, festaioli e venditori d'acqua, il televisore del vicino che trasmette senza sosta soap opera a un volume insopportabile, lamenti sconsolati, amori appassionati, litigi e rancori, l'infinito caos sonoro di un oceano le cui onde incessanti si infrangono per tutta la notte fino a quando non sorge il sole e la pallida luce del mattino torna a posare sulla città un silenzio stupito.

Al suo ritorno la città lo fece pensare a una fotografia, ma poi si rese conto che in realtà era un negativo fotografico, con i colori invertiti e la destra e la sinistra scambiate di posto. Ma quel che davvero gli ricordava, capí in seguito, era un negativo scomparso prima di poter essere stampato. E alla fine si rese conto che no, il negativo non era mai esistito, era tutto nell'immaginazione o era tutto nel futuro, e lui stava pensando a un'immagine che esisteva solo nella testa di chi la stava pensando. Piú cercava di descriverla, piú gli sfuggiva. Era lí, ma non si poteva guardare, al massimo poteva essere vista con la coda dell'occhio della mente, solo cosí si poteva iniziare a parlare della città. Fin dai tempi piú remoti, gli abitanti della città, come tutte le persone che hanno popolato la terra, sono stati incuriositi dal futuro e si sono chiesti come affrontare i mille problemi ordinari che mettono alla prova gli esseri umani, i problemi del matrimonio, dei figli, della malattia, del lavoro, cosí come la fatica quotidiana di modulare le proprie emozioni, paura, rabbia, desiderio, gelosia. In passato si affidavano quindi all'oracolo, che parlava tramite le capacità divinatorie di sacerdoti in grado di interpretare i codici e le combinazioni dei fenomeni naturali. Quell'oracolo è sopravvissuto fino a oggi e il suo linguaggio è piú che mai complesso e misterioso e incontestabile. Eppure per ogni problema ci sono soluzioni migliori e peggiori, e cosí la gente continua a cercare – servendosi degli dèi, del denaro, della poesia, dei film, leggendo foglie, nuvole e costellazioni – il sentiero migliore per lasciarsi alle spalle i problemi dell'essere umano. Il sentiero parla la lingua misteriosa del quattro, sedici, sessantaquattro, duecentocinquantasei. È commosso dal tempo che trascorre tra gli abitanti di quella città dei misteri, perché sono umili e sanno che quel posto ne sa sempre piú di loro. Come canne, si piegano al vento per non farsi spezzare. Perseguono la saggezza invece della semplice conoscenza, una saggezza sempre presente in piccole manifestazioni, sempre visibile in modo imperfetto, come una fotografia a lungo desiderata che emerge dal fondo di una vaschetta da sviluppo, la graduale apparizione di un volto che non è altro che il loro.

Ma lui tornò alla città inondata, alla città in fiamme, la rovina nel presente di un impero che non esisterà mai nel futuro. In questa città in perenne rovina, i miglioramenti non sono possibili e cosí gli abitanti non sognano di migliorare. Ogni notte, nel profondo sonno collettivo, sognano una città perfetta che nella lingua dei sogni è una casa che non può essere aggiustata ma solo rasa al suolo e ricostruita, per rinascere migliore. Non si tratta di sogni a occhi aperti, ma di sogni veri e propri, e il tempo dei sogni è occupato dall'attività di costruzione. I cittadini del sogno si incontrano ogni notte e ricostruiscono la città distrutta con parchi eleganti, infrastrutture sostenibili, architettura umana e principî inclusivi. Costruiscono partendo da progetti perfettamente razionali per portare la città alla perfezione. Lavorano tutta la notte e al mattino si svegliano esausti senza sapere perché. Di giorno si trascinano affranti nella città reale e in rovina, in cui non esiste speranza di miglioramento. Quando cala la notte, tornano ai loro sogni e rifanno tutto da capo, costruendo per l'ennesima volta l'evanescente città ideale. Questi cittadini non sanno di condividere lo stesso sogno e se fossero a conoscenza di questa impresa notturna comune potrebbero concentrare i loro sforzi sulla città reale che in sostanza hanno abbandonato. Ma il paradosso, si rese conto, era che non glielo si poteva semplicemente dire. Devono capirlo da soli, in qualche modo nel loro spirito deve affiorare l'idea che una città è sempre migliorabile e che farebbero meglio a spendere le loro energie per il reale. Se glielo si dice soltanto, se non lo sentono tutti quanti insieme nel profondo del cuore, è inutile.

Ma al suo ritorno si accorse che stranamente non era cambiato nulla. Si arriva attraversando un solido ponte sospeso e poi percorrendo una di quelle imponenti strade moderne a piú corsie, finché la città non compare con le sue case basse, il lungofiume, i centri commerciali e le concessionarie d'auto e, poco oltre, i grattacieli del quartiere degli affari. Le strade sono tappezzate di tutte le pubblicità che ci si aspetta e le persone conducono la loro vita quotidiana senza eccessi di alcun tipo, ognuna immersa nelle proprie preoccupazioni, l'infermiera, la maestra d'asilo, la poliziotta, il falegname, l'operatrice del sesso, il prete, il ladruncolo. Sospendendo ogni giudizio, nessuna città potrebbe essere piú normale o ordinaria di questa. Nessuna città potrebbe dare una dimostrazione piú solida e meno vistosa dell'idea che in pratica tutte le città sono uguali, ovunque si trovino sulla mappa del mondo. Ma, all'inizio pian piano e poi sempre piú intensamente, si accorse che in quella città, in fin dei conti, qualcosa di anormale c'era.

Attraversò un altro ponte sospeso e si immise su una strada moderna, diversa ma molto simile a quella da cui era arrivato prima. I grattacieli, i centri commerciali e le concessionarie d'auto erano lí, eppure tutto sembrava nuovo ai suoi occhi. Non si trattava di amnesia: erano simili agli altri, ma con dettagli abbastanza differenti da essere distinguibili. Sentí la sua consapevolezza trasformarsi quando vide passare un'infermiera, diversa da quella vista prima ma anche sorprendentemente simile. E poi vide un'altra maestra d'asilo e un'altra poliziotta e un altro falegname e un'altra operatrice del sesso e un altro prete e un altro ladruncolo, tutti quasi identici a quelli passati prima. Un anziano camminava piano nel traffico e con mani tremanti trasportava una scultura alta ma leggera, avvolta in un diafano tessuto bianco. Cinque minuti dopo vide il fratello gemello dell'uomo che portava la scultura gemella. Questa è una città di doppi, che ospita identità e scenari che riecheggiano, come una poesia di cui ogni riga chiede di essere letta due volte. Il gioco consisteva quindi nell'assicurarsi di non perdere nessun doppio. Vide ogni negozio due volte, ordinò due bicchieri di vino invece di uno e l'uomo insolitamente bello che gli sorrideva dall'altra parte dell'ampio tavolo della biblioteca comunale si rivelò poi non cosí insolito, perché piú tardi, nella seconda biblioteca, trovò un altro uomo insolitamente bello con lo stesso sorriso enigmatico. Questo mondo, con doppi ovunque, è piacevole perché offre una forma di immortalità. Anche quando qualcuno se ne va, il doppio è pronto a sostituirlo e per questo i cittadini si muovono senza paura, liberi e felici, e anche chiunque li vada a trovare può godere di questa libertà. Si disse che sarebbe potuto rimanere a vivere per sempre in questo posto che aveva risolto il secolare problema della scarsità. Ma un giorno, scendendo per la seconda volta in una seconda strada di un secondo quartiere, si vide venire incontro se stesso, il proprio io o un gemello che non sapeva di avere. Il volto del gemello era il suo, l'andatura del gemello era la sua e, quando il gemello cominciò a parlare, la voce era una copia perfetta della sua. Il duro confronto con la possibilità di essere sostituibile era troppo da sopportare e quella sera, prima che la luce calasse, lasciò la città.

Otto

Ci sono molte famiglie giovani in città e quindi anche molte scuole materne. Ogni tanto, mentre lavoro, vedo una fila di bambini trotterellare sul marciapiede di fronte al mio studio. Un'insegnante in testa, un'altra in coda. I bambini sono organizzati in coppie, si tengono a una cordicella di plastica e cantano *The Wheels on the Bus*, le ruote dell'autobus. Quando guardo fuori, vedo quel coccodrillo dai colori vivaci che avanza sul marciapiede.

Vado in studio presto per stampare le foto del mio viaggio. Stamparle è come vederle per la prima volta. Dopo lo scatto, controllo ogni immagine sul display della macchina. Quando la carico, la rivedo sullo schermo del computer. Se voglio mostrarla a Hana o mandarla a Stefan, la guardo anche sul cellulare. Ma questi punti di vista immateriali lasciano aperta la questione delle dimensioni. La fotografia non ha dimensioni fino a quando non viene stampata, non si può sapere in anticipo quali saranno. I pixel non sono le vere dimensioni della foto, ma soltanto un codice delle sue possibilità. Solo dopo aver stampato la fotografia, di solito in formato 12 x 18, capisco se deve essere piú grande o rimanere piccola o se proprio va scartata. Potrei scoprire che i colori sono sbagliati o che la composizione non funziona. Alcune stampe le attacco alla lavagna magnetica in studio, le fisso con lo scotch al muro o le incollo su pagine di prova.

La cartella digitale del lavoro in corso si chiama «Search Party», squadra di soccorso. Delle centinaia di fotografie che ho scattato a Lagos a dicembre, ne ho scelte solo ventidue. Non sono le immagini migliori, ma sono quelle che sento potrebbero far parte di una sequenza insieme ad altre. Nella cartella c'è il materiale che ho raccolto fin dalla pubblicazione di *Tree of Heaven*. La lentezza dell'accumulo non garantisce nulla. La maggior parte di queste fotografie non supererà la selezione.

Nelle fotografie di Lagos domina la quiete, la presenza umana è solo accennata, si avverte l'assenza. Sono ritratti di scenari non popolati, assi, pneumatici, condutture, bacinelle, pietre, navi, impianti. I ritratti di persone costringono a richieste che mi intimoriscono. Sono rischiosi e implicano un insieme di vicinanza, estraniamento, vulnerabilità. Ho anche sviluppato una sorta di avversione per il furto dei visi. Perché il ritratto non diventi un furto dovrei essere ancora piú paziente e determinato di quanto non sia ora. E poi cosa ci dice un volto sulla verità di un luogo? Eppure, emergere dal clamore di Lagos con queste immagini immobili e prive di persone ha qualcosa di paradossale.

Da un famoso questionario: quando e dove sei stato piú felice? Dal modo in cui la domanda è formulata pare che l'intervistatore miri a una visione retrospettiva dall'ultima parte della vita. Sembra dare per scontato che il momento piú felice sia già passato. Quando sei stato piú felice? Rispondere «Non lo so ancora» potrebbe essere accurato, ma non rispetterebbe lo spirito della domanda. Lo spirito della domanda è: qual è stato il tuo momento piú felice finora? Forse è piú facile immaginarsi momenti futuri di felicità che convincersi che il momento piú felice debba ancora arrivare. Spesso pensiamo che il momento piú felice appartenga al passato. Seppur fugace, il momento piú felice è stato intenso, ma lí per lí non era stato ritenuto il piú felice. È stato considerato tale solo in seguito, per come il passare del tempo lo ha brunito.

Durante il mio viaggio, Tomi e Kehinde mi avevano messo a disposizione Nestor come autista. Era di Akwa Ibom, ma era cresciuto a Lagos. Nel suo perenne sorriso c'era qualcosa di poco affidabile. Un giorno gli ho chiesto di portarmi a Ikeja Gra, dove la mia famiglia aveva vissuto per un periodo negli anni Ottanta. Molte delle case di quel quartiere sono imponenti ville bianche circondate da grandi terreni. Non eravamo mai stati ricchi, ma il lavoro di papà come funzionario statale ci aveva portato un momento di privilegio, il cui aspetto piú tangibile era una casa con una piscina che non usavamo mai e un prato ombreggiato sul retro in cui io e le gemelle giocavamo a pallone. A quei tempi avevamo una domestica, un portiere e un giardiniere, e una volta al mese un uomo veniva a estrarre dalle palme dietro casa la linfa per fare il vino. Ogni tanto i miei genitori appendevano fili di lucine e organizzavano delle feste.

La casa si trovava in una tranquilla via secondaria. Nestor ha parcheggiato sulla strada principale e io mi sono incamminato. Il quartiere era cambiato e ora c'era una cancellata di sicurezza. Due uomini armati mi hanno squadrato prima di lasciarmi passare. Il mio interesse non era tanto per la casa in sé, quanto per la stradina davanti. Un giorno, quando avevo dodici anni, stavo andando al videonoleggio per restituire delle cassette quando all'improvviso era spuntato un cane. All'epoca avevo paura e quindi mi ero messo a correre. Il cane mi aveva inseguito. Il tutto sarà durato al massimo quindici o venti secondi, ma erano stati momenti di terrore puro, indimenticabile. Alla fine ero inciampato atterrando sull'asfalto. Il cane si era fermato e poi aveva fatto dietrofront. Ero tutto ammaccato, ma il danno peggiore era all'avambraccio destro, una lunga lacerazione dal polso fino quasi al gomito, come se il braccio fosse stato aperto con una cerniera. Mentre tornavo a casa, avevo rischiato di svenire per il dolore e il sangue. Vedendomi, le mie sorelle si erano messe a urlare.

Avevo bisogno di punti di sutura. Ho ancora il cheloide scuro della cicatrice.

Comunque, quel giorno mi sono chinato a toccare la strada e ho notato che le guardie mi fissavano tese, ma non hanno detto nulla. Negli anni successivi all'incidente avevo fatto pace con i cani. Capivo meglio la loro sensibilità e intelligenza, il loro bisogno di non essere temuti, e anche il ruolo della mia paura irrazionale. Piú tardi, in macchina, ho chiesto a Nestor dove erano finiti tutti i randagi di Lagos. Ormai in giro ce ne sono pochi, ha detto, lanciandomi uno sguardo dallo specchietto retrovisore per tentare di capire il tono della mia domanda. La gente li cattura, signore, li prendono e li mangiano, per certe persone è una prelibatezza.

Mi sono mostrato sorpreso, ma speravo che me lo dicesse. Avevo sentito la stessa storia da Tomi, che i randagi erano in gran parte spariti e che anche i cani con un padrone erano a rischio. Tomi aveva raccontato che nel compound dove abitava i sei pastori tedeschi del suo vicino erano scomparsi a uno a uno. E sui giornali era uscita la notizia di un tir che trasportava cani dal Nord ed era stato coinvolto in un incidente. Molti animali erano morti sul colpo, ma l'articolo era intitolato: *Corsa alla carne: si ribalta un tir con 500 cani*. L'incidente era successo vicino a Calabar, nello Stato di Cross River. L'articolo sembrava inventato e pieno di stereotipi: il numero di cani troppo preciso, i nomi Bassey e Edet tipici di Calabar (rispettivamente presunto sopravvissuto e medico), l'assenza di fotografie e di informazioni su quanto successo dopo. Ho chiesto a Nestor se avesse mai mangiato carne di cane. Mi ha guardato dallo specchietto retrovisore con un sorriso, senza dire nulla.

A metà pomeriggio, quando mi infilo a letto, trovo Sadako addormentata. Io non sono capace di riposare di giorno, ma lei fa sempre un sonnellino se ne ha bisogno.

Le metto una mano sulla schiena. Sento il crepaccio e le due lunghe colline ai lati. Le mie dita si adattano al paesaggio. Lei respira piano nel sonno profondo. Giro la mano in modo che sia il dorso a riposare nella piccola vallata in fondo alla sua schiena.

Luci d'inverno, di Ingmar Bergman, si svolge in un solo giorno nella Svezia rurale. Inizia con una funzione in una parrocchia con pochi fedeli e finisce con una funzione in un'altra. Il film parla dell'indebolimento della fede, tangibile nelle celebrazioni quasi deserte che gli fanno da cornice e nelle difficoltà dei parrocchiani e del pastore stesso, dilemmi interiori che occupano gran parte del film. Bergman è maestro nel compito quasi impossibile di rappresentare la vita interiore. Una moglie e un marito si avvicinano al pastore dopo la prima funzione. L'uomo è un pescatore e sembra riluttante a parlare dei suoi guai, mentre la moglie si confida piú facilmente. È lei che lo ha trascinato lí per chiedere un consiglio ed è lei che racconta al pastore cosa sta succedendo. Qui nella Svezia rurale, lontano da tutto, o almeno cosí viene da pensare, suo marito è turbato da problemi globali. Lo terrorizza soprattutto quello che ha sentito al notiziario e letto sui giornali riguardo ai cinesi: che sono educati all'odio, che è solo questione di tempo prima che si procurino l'atomica. Il viso del pover'uomo è sbiancato dall'orrore di fronte a questa prospettiva indicibile. Il pastore risponde ammettendo che tutti ci sentiamo impotenti e consiglia al pescatore di fidarsi di Dio. Sta cercando di aiutare l'uomo a gestire le sue ansie, ma lui stesso fatica a credere alle proprie parole. A peggiorare le cose, è alle prese con una brutta influenza e non si sente molto in sé. Tutto ciò fa sí che nemmeno il pescatore gli creda. La vita va avanti, dice stancamente il pastore. Perché dobbiamo continuare a vivere?, ribatte il pescatore.

La moglie del pescatore è il ritratto della speranza, una di quelle persone gravate dal talento di vedere sempre il lato positivo delle cose. È convinta che i due uomini dovrebbero parlare da soli, mentre loro preferirebbero risparmiarsi quel tormento, ma lei insiste e il pescatore la accompagna a casa e torna in chiesa da solo. Il pastore gli fa varie domande sulla sua vita: la salute, la situazione economica, la relazione con la moglie. Va tutto bene, dice il pescatore. Quindi è solo questa cosa della Cina, dice il pastore. I due sono a un punto morto. La disperazione del pescatore non fa che spingere il pastore a rivelare in termini candidi e confusi i propri dubbi, ad ammettere che la sua fede in Dio non è piú tanto salda. E se il mondo è cosí crudele e Dio non esiste, dice il pastore, perché continuare a vivere? Il pescatore è sconcertato. La persona che avrebbe dovuto aiutarlo è di fatto in un pantano tutto suo. Quello che era uno sguardo d'orrore diventa imbarazzo. Troppo preso dai suoi problemi per aiutare il pastore in crisi, il pescatore se ne va. Piú tardi, nel pomeriggio, il pastore viene a sapere che l'uomo si è sparato in testa.

Quando ho visto passare i bambini qualche settimana fa, per un attimo ho pensato fossero prigionieri che venivano trasferiti da un'unità di detenzione all'altra. Quando li ho rivisti, il pensiero è tornato e mi è sembrato un po' meno sorprendente: questi sono prigionieri, vengono trasferiti. Poi è successo di nuovo e ora ogni volta che i bambini mi passano davanti quello che era un pensiero un po' casuale è diventato ineludibile. Non sono nemmeno in grado di dire con certezza se i piccoli si aggrappano alla cordicella di loro spontanea volontà. No, sono stati tutti legati, agganciati l'uno all'altro, costretti a una marcia forzata al ritmo incessante di *The Wheels on the Bus*.

Il filmato non ha voce fuori campo e si vede solo una folla che grida in strada. Sembra un video grezzo, ma no, è stato montato. Poi ne vedo altri, da Teheran, e il video con la folla piú numerosa e appassionata è quello che circola di piú. Ma io sono affascinato dal primo, la clip di Kerman, dalla folla umile che grida e canta, dal nero, dal marrone e dal blu degli abiti austeri, dalle risposte ai richiami invisibili di un uomo con un megafono e dallo spettacolo misterioso di due grandi bandiere monocromatiche, una rossa e una nera, sopra la folla. In alto, sollevato da mani invisibili, c'è anche l'enorme ritratto di un morto.

L'omicidio di Qassem Soleimani nella prima settimana del nuovo anno rabbuia il mondo con la possibilità di una guerra. Aveva i capelli corti, la barba bianca, le sopracciglia scure e un'aria torva. Era il membro piú stimato e temuto dell'esercito iraniano. In seguito all'omicidio, l'Iran ha immediatamente giurato di vendicarsi e gli Stati Uniti hanno risposto minacciando un'escalation. Ma, in mezzo a tutto questo, i riti funebri. Anche il funerale si svolge a Kerman, la sua città natale, quattro giorni dopo l'assassinio, ed è un evento gigantesco, una folla di uomini furibondi, alcuni dei quali piangono lacrime di commozione e di rabbia. Nella calca decine di persone vengono travolte, morte che si aggiunge alla morte. Il giorno seguente un aereo ucraino precipita pochi minuti dopo il decollo dall'aeroporto di Teheran. Delle centosettantasei persone a bordo, provenienti da tutto il mondo, non si salva nessuno. È cosí che inizia l'anno.

Camminare di notte è una consolazione, se non si teme la violenza. A parte quella, la notte è una coperta leggera che calma e protegge. La fonte della sua bellezza è la stessa del suo pericolo: tutto ciò che esiste di giorno esiste anche di notte, ma ora è visto con una profondità di campo ridotta, con un regolatore della luminosità. Passano mesi prima che io ritorni alla siepe che avevo visto in Kirkland Street. È un problema fotografico che non sono ancora riuscito a risolvere, ma mi sono convinto che sia necessario uno scatto notturno. Però non mi abbandona il pensiero che il proprietario possa vedermi e, di notte, essere ancora piú ostile. Davanti alla siepe aggancio la macchina fotografica al treppiede e la regolo su un'esposizione di quindici secondi a 400 Iso. Sto per iniziare a mettere a fuoco quando provo una forte sensazione di disagio. Non esamino la sensazione, non dubito di me stesso. Faccio semplicemente un passo indietro e, senza nemmeno staccare la macchina, ripiego il treppiede e me ne vado.

Uscendo da Broadway e svoltando su Quincy Street si trova il complesso degli Harvard Art Museums (nome plurale per un unico grande edificio), che è stato radicalmente rinnovato. La ristrutturazione non è visibile e la facciata è rimasta tradizionale, discreta. Prima c'era un insieme di musei piú piccoli specializzati in vari campi, il piú noto dei quali era il Fogg, poi sono stati accorpati. Vicino all'ingresso dell'edificio, come si presenta oggi, si trova una targa blu ovale affissa dalla Cambridge Historical Commission in onore di Louis ed Elizabeth Agassiz, che un tempo abitavano qui. All'interno del museo si dimentica immediatamente la modestia della facciata in mattoni rossi. Un cortile circondato da colonne svetta verso l'alto, piú leggero e arioso a ogni piano, mentre l'intonaco pallido dell'interno originale viene gradualmente sostituito da vetro e acciaio. I materiali moderni dei piani alti sono accuratamente disposti nelle stesse proporzioni delle colonne al piano terra, mantenendo l'atmosfera classicheggiante dell'edificio antico senza l'uso diretto di ornamenti classici. Sopra il quarto piano il cortile ha una copertura trasparente di vetro che lascia passare una cascata di luce naturale.

Entrando in ascensore incrocio Emily e vedere il viso della mia amica mi rende felice. È con due persone e non possiamo fermarci a parlare, ma mi dice che è stata in Cile dall'ultima volta che ci siamo visti, per lavorare al grande telescopio di Atacama. Dice che non prevede di insegnare per questo trimestre, ma promette di scrivermi presto. Salgo con l'ascensore ed entro in una piccola galleria al secondo piano, dove si trovano diversi rilievi in calcare, alti una settantina di centimetri, provenienti dalla Persepoli del IV e V secolo a. C. Tre raffigurano, a figura intera e di profilo, dei servitori che indossano abiti larghi e copricapi di stoffa morbida, uno per ogni scena. Due dei rilievi hanno uno stile piú sinuoso, mentre l'altro, risalente a un secolo prima, è piú nitido e severo. Forse facevano parte di un fregio posto sulla scalinata di un palazzo per evocare una processione. Il contesto era quello di una cena o di un sacrificio. In una scena un servitore porta un agnello, in un'altra un servo tiene una ciotola in ogni mano. Nella terza (la piú antica) un servo con un piede sollevato su un gradino sorregge una ciotola con la mano sinistra e con la destra ne tiene fermo il coperchio semisferico. È quest'ultimo gesto, cosí delicato e familiare, che mi sembra memorabile, un tocco gentile conservato al tempo presente per duemilacinquecento anni. Penso non solo al significato dell'azione del servo, ma anche all'abile scultore che con strumenti semplici ha modellato meticolosamente ogni curva e ogni linea delle mani e delle ciotole. Penso all'abilità necessaria per scolpire le cinture e i copricapi e i volti di profilo. Penso anche a ciò che non si vede piú: le schegge di calcare accumulate ai piedi dell'antico scultore, il lavoro ormai sbiadito del pittore che ricopriva le superfici adesso monocromatiche di malachite, cinabro e azzurrite.

Non avevo programmato di arrivare in questa sala e forse la mia presenza è puramente casuale, ma ho anche l'impressione di aver agito di riflesso. I tamburi di guerra hanno cominciato a rullare in lontananza e si torna a pensare all'arte e alla cultura, a collegare quello che ci piace con quello che viene distrutto o che rischia di esserlo. Rispondiamo alla geopolitica con una sorta di umanesimo automatico, con appelli confortanti ma sospetti alla nostra «umanità condivisa». Ricordo come i miei vicini mi avevano trascinato in un ristorante afghano nell'ottobre del 2001, nel fine settimana in cui era iniziata l'invasione, ricordo la stupidità tipicamente americana di cenare con cibo afghano mentre gli afghani venivano inceneriti dal nostro governo.

È la prima volta che osservo con attenzione i rilievi di Persepoli. Sulla parete di fronte, noto con sorpresa quattro fotografie tra le monete, i sigilli e le sculture di un'epoca molto precedente. Tre immagini vengono dall'Iran, la quarta dall'Azerbaigian, e dal punto di vista geografico sono in linea con le opere antiche esposte nella sala. Le ha scattate Gilles Peress alla fine del 1979 (dico «scattate» quando descrivo le fotografie degli altri, ma per le mie preferisco usare «fatte», forse perché posso garantire le mie intenzioni?) Le fotografie calligrafiche di Peress ne mostrano la mano esperta nel bilanciare le forme sul piano dell'immagine, come se avesse portato la perfezione ritmica di Cartier-Bresson a un livello di complessità superiore. Riconosco un paio di scatti dal suo celebre libro fotografico *Telex Iran*. Non è chiaro però se i curatori abbiano o meno aggiunto queste fotografie solo di recente, per attirare l'attenzione sulla questione iraniana, diventata improvvisamente di attualità.

Quando insegno ai miei studenti a esaminare i testi e a riflettere sulla storia, ripeto di stare sempre sul chi va là in attesa dell'epifania, di essere pronti a notare l'incidente da cui affiora una nuova malvagità nella storia convenzionale. I rilievi calcarei di Persepoli sono entrati a far parte della collezione dell'università come lascito di un ex studente, Grenville L. Winthrop, ricco avvocato e famoso collezionista d'arte che alla sua morte, nel 1943, possedeva piú di quattromila oggetti, tra cui sculture maya e azteche, dipinti europei e americani, bronzi egizi e giade cinesi. La famiglia Winthrop era potente da secoli e il potere andava di pari passo con le acquisizioni. Grenville Winthrop era un discendente diretto di John Winthrop, primo governatore della colonia della baia del Massachusetts, a cui doveva gran parte della sua ricchezza e influenza. Due anni dopo il grande uragano Colonial, che nel 1635 colpí il Sudest del New England con una forza mai piú eguagliata, le truppe di John Winthrop massacrarono centinaia di nativi pequot a Mystic Fort. A seguito di questa guerra genocida, il governatore Winthrop requisí come parte del suo bottino un uomo e due donne pequot e li tenne come schiavi nella sua famiglia. Circa trecento anni dopo, Grenville Winthrop acquistò i rilievi di Persepoli dalla Brummer Gallery di New York. La Brummer Gallery li aveva comprati a Londra dal mercante Azizollahoff, nel 1936. Non si sa come fossero finiti in mano ad Azizollahoff, dato che nel 1932 il governo iraniano aveva vietato lo smantellamento di Persepoli agli archeologi europei. L'esportazione di manufatti dal sito non era consentita. Con delicatezza il servo fa per sollevare il coperchio della ciotola. Nelle sale eleganti, luminose e climatizzate del museo, una provenienza disdicevole non è per nulla insolita.

A Lagos, nella settimana tra Natale e capodanno, una volta verso fine giornata ero andato a visitare il luogo di cui mi aveva parlato Nestor. Le strade e i ponti erano sfocati per via dello smog. Nel mercato hausa mi ero incamminato tra edifici malconci, su un sentiero cosí stretto e in ombra che sembrava fosse già scesa la notte. I sacchi di sabbia accatastati per proteggersi dalle alluvioni annuali rendevano la pendenza irregolare. A quell'ora c'erano poche persone e gli ambulanti sedevano svogliati davanti alle loro bancarelle. Una struttura in legno, piú grande delle altre, era ricoperta da parete a parete di tappeti rossi. Come i venditori, il custode di quella moschea improvvisata sedeva lí davanti con aria meditabonda.

Un minuto dopo, dove il labirinto di sentieri in ombra accoglieva un po' di cielo, non si vedeva quasi nessuna bancarella e poco piú avanti il mercato terminava. Le ultime strutture erano due grandi capannoni oltre i quali c'era il fiume fangoso. Uno dei capannoni era vuoto e abbandonato, mentre dall'altro proveniva il suono metallico della musica fuji trasmessa da una radio. In un pentolone sul fuoco bolliva una zuppa piccante a base di carne. Dei giovani occupavano le panchine a gruppetti di tre o quattro nell'aria densa di fumo di sigarette e marijuana. Su un tavolo erano in vendita spinelli, sigarette e bibite. Mi ero seduto, avevo salutato i miei vicini di panchina e avevo ordinato una Coca. Il venditore mi aveva chiesto se volevo fumare e io mi ero limitato a scuotere la testa. Mi aveva offerto della zuppa e io, senza chiedere cosa ci fosse dentro, avevo rifiutato. In totale la compagnia era composta da undici o dodici uomini che si parlavano a malapena. Di tanto in tanto, uno si alzava e si metteva a ballare, dimentico di se stesso, contorcendosi, tremando. Gli altri non guardavano i ballerini solitari. Ognuno si concentrava semplicemente sulla sua ciotola di zuppa o fumava la sua canna o sigaretta fissando il vuoto. I loro corpi parlavano di lavoro: corporature magre, arti muscolosi, mascelle serrate, volti risoluti che pian piano si rilassavano verso la fine della giornata. Questi uomini facevano lavori faticosi, nelle stazioni degli autobus, nei mattatoi, negli allevamenti. Vicino alla riva del fiume c'era una cagnolina che giocava con i suoi tre cuccioli screziati. Poi era entrato un uomo con l'uniforme bianca del sindacato nazionale dei lavoratori del trasporto stradale, con tanto di spalline gialle. Aveva salutato gli amici, si era acceso una canna e si era messo a ballare.

Finito di bere, ero sceso sulla riva a guardare il fiume. Era cosí intasato dai rifiuti che sembrava una discarica. A monte, su un'altura, le case illuminate brillavano nella luce tenue dal crepuscolo e si riflettevano sull'acqua. Laggiú era piú pulita. A pochi metri dai miei piedi i cuccioli giocavano con la madre. Erano cani bellissimi, basenji, una razza che non abbaia. Tornato nel capanno, avevo notato un quarto cucciolo, minuscolo, appena piú grande di una mano. Stava giocando da solo sotto il tavolo del venditore, rotolandosi nel locale pieno di fumo.

Emily mi manda un'e-mail chiedendomi di chiamarla. La chiamo. Sembra stanca. Ha parlato con la nostra studentessa Anouk della sua tesi di laurea. Quello che Anouk ha presentato finora è geniale, dice Emily. Le ha consigliato di andare alla Wolbach Library, presso l'osservatorio dell'Harvard College, e di esaminare il materiale su Henrietta Leavitt. Dico che non ho mai sentito parlare di questa scienziata ed Emily mi racconta. Leavitt, morta nel 1921, aveva lavorato all'osservatorio per trent'anni. Non era stata in grado, o meglio non le era stato permesso, di fare ricerca e nemmeno di usare i telescopi. Semplicemente a quel tempo alle donne non era consentito. Ma aveva studiato all'Oberlin e al Radcliffe College e dimostrato un talento spiccato per l'astrofisica. Il suo lavoro all'osservatorio consisteva nell'inventariare minuziosamente le stelle fissate nella collezione di lastre di vetro dell'università. Confrontando le lastre del cielo notturno ottenute in tempi diversi e annotando accuratamente le migliaia di stelle in base alle dimensioni e alla luminosità, Henrietta Leavitt aveva dato un contributo fondamentale alla ricerca degli astronomi, che erano cosí riusciti a calcolare la distanza delle stelle cefeidi. Le sue annotazioni sono ancora all'osservatorio, dice Emily, meticolosamente scritte a mano, e lei era solo una delle centinaia di donne che lavoravano lí come «computer» umani. Scoprire chi erano e cosa facevano sarebbe fantastico per la ricerca di Anouk.

C'è una serietà particolare nella voce di Emily e si capisce che la tesi di laurea di Anouk non è il primo dei suoi pensieri. Poi arriva all'argomento che aveva evitato: il cancro al colon. È stato scoperto all'inizio di dicembre e da allora è in cura. Niente può prepararti a questa spossatezza assoluta, dice Emily. Sto combattendo, certo. C'è sempre una possibilità. Ma la chemio mi fa stare cosí male che a volte vorrei farla finita, con la chemio, con la vita, con tutto quanto.

Silenzio. Il silenzio dura talmente tanto che mi viene il dubbio che sia caduta la linea. E poi ricomincia a parlare. Quando torno in me, dice, l'unica cosa a cui riesco a pensare è come tenere stretti questi mesi, queste settimane, il tempo che mi rimane. Questi mesi, questi mesi. Penso: Dio, fa' che siano mesi e non settimane.

In uno dei suoi discorsi Soleimani aveva descritto Trump come un giocatore d'azzardo. Aveva anche detto che i suoi concittadini sanno essere martiri. Nei resoconti dei media americani all'indomani della morte di Soleimani, questi commenti sono stati omessi, ma è stata citata un'altra parte di quel discorso battagliero. Siamo dove non vi aspettate, aveva dichiarato Soleimani. Ma è stato lui a essere colto di sorpresa, a farsi trovare e uccidere, un'ironia della sorte di cui i notiziari americani sembrano godere.

C'è una grande tensione nel mondo. Sui social media qualcuno invoca la guerra. Leggendo le parole di questi esperti e di coloro che si credono tali, mi accorgo della superficialità dei loro toni, di come sono distaccati dalle conseguenze reali della guerra e della crudeltà indifferente che questo distacco permette. Quando queste persone dichiarano che la cosa importante ora è la guerra con l'Iran, lo dicono senza preoccuparsi di quanti stanno già soffrendo in Iran o di quanti potrebbero soffrire in caso di conflitto. Sembra gli interessi soltanto non abbandonare la fiducia assoluta nella superiorità americana, una superiorità che nella sua sete di potere e ricchezza vede gli altri popoli come qualcosa di superfluo. Trovo che questo solipsismo politico diventi piú difficile da sopportare ogni anno che passa. È sempre piú doloroso assistere alla crudeltà nei confronti dei popoli lontani, crudeltà che in questo Paese passa per politica internazionale. Quello che viene considerato straniero per me non lo è. Straniero è il mio popolo, ogni città mi sembra Lagos, non fatico a immaginare ogni atto di violenza verso luoghi simili come una violenza sulle persone che amo. Vedere la devastazione che travolge un popolo che resiste pur essendo condannato significa immaginare la stessa devastazione abbattersi sul popolo che considero il mio.

Sto guardando una serie televisiva francese. Un tizio che lavora per i servizi segreti spera che la donna siriana di cui è innamorato, arrestata e torturata perché sospettata di essere anche lei una spia, venga liberata dal governo siriano. La spia francese fa il doppio gioco passando dati francesi alla Cia e cerca di sfruttare i suoi contatti americani per far liberare la sua amata. La trama è complessa: perché i siriani possano liberare la sua amata, l'uomo deve dare agli americani qualcosa di cui hanno bisogno affinché loro possano dare ai siriani qualcosa che vogliono. Gli americani chiedono il suo aiuto per reclutare un iraniano potente, che ha accesso a dati segreti sul nucleare in Iran. Il governo siriano vuole che gli americani bombardino una città recentemente conquistata dai ribelli siriani. La spia accetta di reclutare il contatto iraniano: in cambio gli americani accettano di bombardare la città e il governo siriano accetta di liberare l'amante della spia francese.

Il fatto che si tratti di una storia inventata non attenua il mio disgusto. Con quanta leggerezza viene trattata l'idea di bombardare una città, con quanta facilità la distruzione di migliaia di vite viene messa sullo stesso piano del desiderio di un uomo di salvare la donna che ama. In parole povere, è la storia di un uomo bianco che a Parigi pianifica, per motivi personali, lo sterminio di migliaia di arabi che non conosce. Nella serie si sottolinea che la città da bombardare è sotto il controllo dei ribelli antigovernativi e non dello Stato Islamico. In altri termini, anche secondo i distorti standard occidentali, si tratta di una popolazione senza colpe e ideologicamente neutrale. Eppure la decisione di sterminarla viene presentata come un dilemma appena disdicevole e non come un crimine di proporzioni monumentali.

Il problema è che la serie è ben fatta. È ben recitata, ha un ritmo perfetto, una produzione meticolosa. Sarebbe meno irritante se non fosse cosí piacevole da seguire. Mentre la guardo, mi deconcentro rendendomi conto che le mie simpatie sono sempre rivolte a Parigi e mai a Raqqa, Damasco, Teheran o Algeri. La maggior parte dei personaggi, a prescindere dall'origine, è rappresentata con difetti e qualità ammirevoli e la regia è raffinata rispetto alla media dei programmi televisivi. E questo mi pare sempre piú grottesco: che un progetto cosí offensivo sia stato prodotto con tanta cura da essere accolto come inoffensivo o addirittura candido. Sono spinto a continuare a guardare il bel volto della spia francese, a continuare a interessarmi alle vicende di cui è il centro, ai colpi di scena, alle decisioni coraggiose, ai rischi scampati, sono spinto a lasciare che tutto questo mi coinvolga anche se il protagonista, che di fatto sembra una persona fondamentalmente empatica, è pronto a mandare a morte con disinvoltura migliaia di persone (all'interno della serie questo evento è un punto della trama quasi insignificante). L'intera cornice narrativa mi costringe a vederlo come un uomo «complesso» e «tormentato» piuttosto che mostruoso, piuttosto che capace di un orrore disumano.

Ma è bene avere il senso delle proporzioni, mi dico. È solo televisione. E poi, in fin dei conti, quanto è diverso questo personaggio da tanti altri? È solo uno dei tanti bianchi eroici o trattati come eroi capaci di macchiarsi di crimini che non vengono considerati tali proprio perché sono commessi contro anonimi stranieri. Ma no, no, devo smettere di giustificare quello che trovo sconvolgente. Devo rispettare la parte di me stesso che è sconvolta da quello che è sconvolgente. A metà della seconda delle cinque stagioni, smetto di guardare la serie.

È sdraiata sul divano a leggere un libro. Il divano è stretto, due persone ci stanno a fatica. Mi stendo accanto a lei, ma un po' sfalsato. Lei posa il libro. Pian piano adagio la testa nell'incavo tra il suo collo e la spalla, come una pietra liscia nell'incavo di una mano.

Mio padre aveva cinque anni quando era morta sua madre. Se la ricorda a malapena, e quella scarsità di ricordi si è tradotta in un lutto profondo che non l'ha mai abbandonato. Onora l'anniversario della sua morte e ci ha abituati a fare lo stesso. Gli altri miei nonni sono morti molto piú tardi, tutti e tre in decenni diversi. Io e le gemelle non ricordiamo nessuno di quegli anniversari perché non ci sono stati insegnati, ma ricordiamo benissimo l'anniversario della morte della madre di papà, mancata ben prima che nascesse la nostra. A dicembre sono andato ad Amu Ewa per visitare le tombe di tutti e quattro i nonni. La madre di mio padre era morta a meno di trent'anni, dando alla luce un bambino – non si sa se fosse maschio o femmina – che non era sopravvissuto. Sulla lapide della nonna non c'era data di nascita.

Oggi è il settantesimo anniversario della sua morte. Chiamo mio padre. Non c'è molto da dire, ma so che per lui è importante ricordare questo momento. Piú tardi, in una chat, io e le gemelle parliamo dell'altra nonna. Taiwo ha nuovi dettagli, tra cui una leggenda su un antenato della nonna che una delle zie le ha raccontato di recente. L'antenato Esude, il fabbro, l'ultimo baluardo prima che l'Islam travolgesse l'albero genealogico, aveva una particolarità che non conoscevamo: a quanto pare, non sorrideva mai. Stando alla storia che zia Wura ha raccontato a Taiwo, da giovane Esude aveva insultato la moglie di un fabbro piú giovane e l'uomo si era vergognato tanto da suicidarsi. Nella tradizione yoruba è molto grave indurre qualcuno a togliersi la vita o *kí enì kan kú sí e l'órùn*, far morire qualcuno sul tuo collo. L'uomo aveva affrontato Esude e si era tagliato la gola davanti a lui. Esude era rimasto segnato a vita da quel trauma. Vedendo quello che aveva visto, aveva perso ogni capacità di gioire e giurato di non sorridere mai piú. Cosí era stato. Questa storia mi turba e mi affascina profondamente. Passando davanti a uno specchio, piú tardi, mi guardo e cerco nel mio viso le tracce di quell'antenato che non sorrideva.

Luci d'inverno. Si era lasciato alle spalle la carriera legale per mettersi al servizio della terra dedicandosi al lavoro manuale in un impianto di compostaggio a Brooklyn. Via via che la sua esperienza aumentava, aveva cominciato a coordinare il gran numero di volontari affascinati dal compostaggio. Insegnava a raccogliere e smistare gli scarti alimentari, a pulire e riporre le carriole e i secchi, a riconoscere i mucchi in vari stati di decomposizione, a usare forconi e pale per arieggiare i cumuli e a provare una sorta di empatia per i processi organici da cui la vita moderna ha allontanato la maggior parte di noi. Prima di allora era stato un avvocato di spicco e un attivista per i diritti degli omosessuali. Nei dieci anni di quella nuova vita, la sua visione si era evoluta e ampliata. Voleva sapere cosa significava prendersi cura della terra in un momento in cui tanti altri se ne disinteressavano. Si era reso conto che qualcuno stava lavorando per salvare il futuro, ma molti vanificavano quell'opera con l'inazione. L'uomo era sposato, con una figlia, amici, ammiratori. Aveva molte responsabilità. Si è dato fuoco all'alba di un sabato mattina in un parco di Brooklyn.

Lucas, il figlio del mio amico morto, è un uomo dolce e introverso con una risata nervosa. Solo guardandolo da vicino si trova qualche somiglianza con il padre. Il padre era basso, il figlio è alto. Il padre aveva un fisico da pugile, il figlio è magro e poco atletico. Ma chi sia il padre e chi il figlio non ha molta importanza. Insieme stiamo tracciando una forma assente. Il figlio per me è un estraneo, l'amicizia non è trasferibile. Mentre ci sediamo a pranzare so che farò il mio dovere e passerò oltre, non è necessario che diventi suo amico. Ha belle mani e un'andatura instabile. È sposato con due figli. Il marito è bianco. Cerchiamo tutto quello che può aiutarci a disegnare la forma assente, cerchiamo piú informazioni, piú dati, piú storie e ricordi da aggiungere al mucchio. Ma la ricerca resta sempre incompiuta, chi se n'è andato non torna mai. Pian piano, la banca delle storie si esaurisce, i ricordi evaporano.

Ci sarà tempo per il dolore nella vita, ma l'anno scorso a Bamako ho osato credere di essere felice, non solo perché potevo vedere la musica dal vivo, ma anche perché me la godevo nel luogo dove era nata, tra persone che ne capivano le parole. Quando sono scesi dal palco, i cantanti parlavano lingue che non erano esotiche per la grande città che li circondava. Dopo due serate straordinarie, ero pronto a una delusione dalla terza. Era domenica e il Chameleon era pieno anche se eravamo arrivati presto. Naïny era con me, e c'erano anche Laurie e Paul e altri fotografi e registi che avevano sentito parlare del locale da noi. La band non era ancora salita sul palco. C'era un dj che metteva pop nigeriano, *On the Low* di Burna Boy, e la gente si dondolava seduta ai tavoli. Una coppia era pronta sulla pista da ballo. Il dj è andato avanti per una mezz'ora prima che salisse sul palco un chitarrista, la testa avvolta in un turbante. Cantava in fula con una voce acuta e lamentosa e suonava la chitarra nello stile dei Tinariwen, un blues del deserto carico di feedback. Il suo set è stato breve, non piú di venti minuti, ma con un effetto regale, arioso. Poi ha lasciato spazio al gruppo principale della serata, Les Diplomates, il cui nome era un chiaro omaggio alle grandi orchestre da ballo del periodo postindipendenza. Una di queste, Les Ambassadeurs Internationaux, aveva iniziato con il nome di Les Ambassadeurs du Motel de Bamako, finché i membri non erano stati costretti a lasciare il Mali nei primi anni Settanta per questioni politiche. Si erano riuniti con il nuovo nome ad Abidjan e avevano fatto varie tournée internazionali di successo. Il presidente della Guinea Sékou Touré, che da mecenate delle arti si era trasformato in despota spietato, fu uno dei loro principali sostenitori. A Touré fu dedicato *Mandjou*, un pezzo epico che tesseva le sue lodi e che ancora oggi chiunque ne apprezzi il ritmo e ne comprenda il significato ascolta con un brivido di vergogna. Un periodo dolce e oscuro: era l'epoca dei supergruppi dell'Africa occidentale, tra cui la rivale Orchestre Rail-Band de Bamako, a cui Les Ambassadeurs avevano strappato Salif Keïta, e l'ensemble guineano di punta Bembeya Jazz National. In quell'epoca di ottimismo in cui le catene coloniali erano state appena spezzate e il futuro sembrava luminoso, i gruppi sponsorizzati dallo Stato presentavano una stratificazione di musica caraibica, europea, americana e africana, un mix moderno e cosmopolita con un'inconfondibile inflessione locale. Alcuni includevano nel loro repertorio le canzoni tradizionali di vari gruppi etnici, ma la kora, il balafon e i tamburi tradizionali erano affiancati o persino sostituiti da strumenti moderni. Qualsiasi cosa venisse suonata era eseguita con concentrazione assoluta e con quel virtuosismo naturale che è sinonimo di musicalità mandinga, anche se il virtuosismo non è mai naturale.

La performance dei Les Diplomates di quella sera è iniziata con una canzone che non riuscivo a identificare, ma che grazie al suo ritmo altalenante ho subito collegato ad altre presenti nella mia memoria musicale. C'erano due cantanti, un uomo e una donna, entrambi sotto i cinquant'anni, lui un tenore leggero e forte, lei un contralto rauco. Com'è tipico della musica vocale di questa tradizione, le canzoni, dal fraseggio particolarmente abile, si avvicinavano spesso al parlato. Nei momenti di accelerazione le parole venivano pressate alla fine di una frase musicale e liberate con un'esplosione, dispiegate in modo scultoreo, modellate per riempire l'aria secondo il desiderio di ciascun cantante. La struttura retorica di questo tipo di canzone, in particolare delle sezioni a chiamata e risposta, ricordava agli ascoltatori che questo materiale aveva origine nel canto di lode o nell'epica. Ma era musica pop, non etnografia, e la sua essenza sfuggiva a una descrizione approfondita. Dietro agli ottimi vocalist di quella sera c'era un gruppo di strumentisti: due chitarre, basso, sassofono, tromba e batteria. Il chitarrista principale, un uomo di una certa età, era stato membro dei Bembeya Jazz in gioventú. Dire che qualcuno fa qualcosa con naturalezza, senza sforzi apparenti, significa non avere idea dell'impegno che ci mette.

Una canzone dopo l'altra, il dondolio dei presenti è diventato ballo. La pista si è riempita. Le basse luci rosse aiutavano e anche la compagnia di amici, ognuno dei quali si stava perdendo come singolo per ritrovarsi collettivamente. La notte richiamava altre notti di desiderio e appagamento, come quella serata gelida in cui avevamo ballato a Harlem o quella volta a Victoria Island, quando la figlia del vicepresidente aveva bevuto troppo, o a San Paolo, quando eravamo andati in Avenida Liberdade, o quella notte a ballare amapiano tra sconosciuti a Città del Capo, o quella notte a Beirut, a Berlino, a Bogotà.

Nonostante tutte le altre cose del mondo che sappiamo essere vere, qualcosa esiste. La vita non ha speranza, ma non è seria. Abbiamo ballato finché le forze ce l'hanno permesso e poi di nuovo nei racconti. Il chitarrista dei Les Diplomates ha intonato le note iniziali del pezzo classico *Beni Barale* e la folla è esplosa. Ero circondato da gente che ballava in estasi. La musica era diventata un muro di suono e, guidato dal ritmo, il mio corpo si muoveva meglio di quanto immaginavo possibile.

Lo studio è tranquillo stamattina. Io e Hana stiamo scegliendo con calma l'ordine delle foto per una mostra. Ascoltiamo *Blue World*, la registrazione del 1964 del John Coltrane Quartet che è stata recuperata dai caveau e lanciata sul mercato l'anno scorso. Quando ascolto Coltrane e quando penso di ascoltarlo, mi viene in mente uno dei fatti fondamentali della sua vita: entrambi i suoi nonni erano predicatori della Ame Zion Church, una chiesa episcopale metodista africana. Il lamento cosí palpabile nel suo modo di suonare sembra un'eco di quei due uomini neri che predicavano la parola di Dio nella Carolina del Nord nel primo quarto del XX secolo. Nei suoi *sheets of sound*, i fogli di suono, Coltrane aveva racchiuso l'eloquenza della Ame Zion Church ma anche le dissonanze piú strane e selvagge delle pratiche del Movimento della Santità. Le sue scelte erano guidate dalla musica, ma nel suo spirito preferiva sempre l'estasi all'intrattenimento. Ogni nota che suonava era fiato del suo corpo, ogni brano di questi album è la trascrizione del suo respiro.

Alla fine dell'estate del 2012, poco piú di quarantatre anni dopo essere diventato il primo essere umano a mettere piede sulla luna, Neil Armstrong è morto per complicazioni cardiache in Ohio, dov'era nato. Lo stesso giorno la sonda Voyager 1 ha oltrepassato l'eliopausa, diventando il primo oggetto costruito dall'uomo a entrare nello spazio interstellare. A bordo della Voyager 1, che ancora oggi continua il suo viaggio nelle profondità dello spazio, c'è il Golden Record, un disco in rame placcato oro con vari suoni provenienti dalla Terra. I suoni includono musica, piogge, richiami di animali e saluti in cinquantacinque lingue, tra cui non c'è lo yoruba.

Lucas parla piú liberamente di quanto immaginavo. Mi racconta una storia che non mi aspettavo e so che me la sta raccontando proprio perché non ci conosciamo. Riconosco questo desiderio di confidare dei segreti a un estraneo, con la tacita consapevolezza che in futuro avremo ben pochi contatti. La storia è un regalo di addio, non l'inizio di una vicinanza.

Si è sposato giovane. Suo marito, che lavora per un'agenzia di sviluppo, nel 2010 era in missione a Port-au-Prince e si trovava lí da quasi una settimana quando c'era stato il grande terremoto. Era tornato subito a Houston in aereo, sconvolto. L'aveva scampata per un soffio, ma aveva visto orrori inenarrabili. Il loro figlio maggiore aveva solo sei mesi all'epoca. Il sollievo misurato del marito aveva ben presto lasciato il posto a una depressione che era riuscito a superare grazie all'aiuto di Lucas. Assistere a tanta distruzione e a tanto dolore non era stato facile. Nel giro di pochi secondi moltissime persone erano state sepolte vive sotto il cemento. Lucas l'aveva sostenuto. Con il passare degli anni, la vita aveva ritrovato una sorta di equilibrio. Ascolto Lucas cercando di immedesimarmi, e accenno all'esperienza di Sadako nel grande terremoto di Kōbe e alla mia dell'11 settembre. Dico che quando sfioriamo il terrore dell'inesistenza rimaniamo confusi, non capiamo perché ci siamo salvati proprio noi.

Annuisce con un filo di impazienza e arriva al fulcro della storia. L'anno scorso suo marito, per motivi che gli sono ancora poco chiari, gli ha raccontato la storia completa di quella settimana a Port-au-Prince di nove anni prima. C'era stato un ragazzo. «Dovrei dire un uomo giovane, – dice Lucas, – ma ragazzo è quello che ha detto mio marito e mi sembra giusto lasciare cosí». Suo marito l'aveva conosciuto in un viaggio precedente e si erano ritrovati. Il ragazzo era molto cauto e il marito di Lucas pure, non agivano alla luce del sole. Il ragazzo aveva un lavoro in città, si occupava di logistica per varie organizzazioni straniere, era cosí che si erano incontrati. Ma visto che il marito di Lucas era sposato e il ragazzo era di buona famiglia – non erano ricchi ma avevano un rigido codice morale – la relazione doveva rimanere clandestina. I genitori, i fratelli: sarebbe stato disastroso essere scoperti. (Lucas non ha descritto i fratelli, ma io mi sono subito immaginato dei mezzo delinquenti muscolosi).

Il marito di Lucas poteva usare l'auto di un collega e quindi aveva proposto un picnic all'ora di pranzo sulle colline fuori città. Era un martedí, ma non aveva lavoro da sbrigare ed era riuscito a convincere il ragazzo a prendersi una mezza giornata. Erano partiti in tarda mattinata e avevano trovato un posto isolato, con una bella vista. Erano rimasti lí per ore. Il marito di Lucas gli aveva detto che era stato uno dei giorni piú felici della sua vita, dettaglio che lui mi riporta con vergogna ed empatia insieme. E proprio mentre si stavano godendo quella giornata felice, avevano sentito la terra tremare. Alzando lo sguardo avevano visto in lontananza un'enorme nuvola di polvere che si levava dalla città.

Amina, la ricercatrice che in autunno ha seguito il mio corso da uditrice, è diventata un'amica. Ogni volta che la incontro al campus mi dice due cose. Prima di tutto, mi chiede come sta il mio cuore, mettendosi il palmo della mano sul petto. E poi mi dice che sa che sto pensando a loro. I «loro» a cui si riferisce sono quattro persone che vivevano in una casa ai margini di Harvard Yard. La casa è ancora lí vicino a uno degli ingressi del cortile, nei pressi di quella che oggi è Harvard Square. I nomi dei quattro li conosciamo – Venus, Bilhah, Titus e Juba, due donne e due uomini – e sappiamo che nel Settecento furono ridotti in schiavitú da due rettori dell'università. Penso a loro quasi ogni volta che entro a Harvard Yard, cioè quasi ogni giorno, ma soltanto Amina lo sa. Quando lei si mette la mano sul cuore, io mi metto la mano sul cuore. Quei quattro tra le decine, le moltitudini.

All'inizio della Guerra civile, nella Carolina del Nord, non meno di venti persone furono ridotte in schiavitú da Abner Coltrane. Alcune di loro erano imparentate, altre, come Andrew e Mary Ann Coltrane, erano sposate, ma molte non avevano legami di parentela. Separare le famiglie era normale per gli schiavisti. Secondo un atto giudiziario del gennaio del 1861, ad Asheboro, nella Carolina del Nord, Abner Coltrane aveva maltrattato uno dei suoi schiavi, Alfred Coltrane. Abner era accusato di disturbo della quiete pubblica e l'atto descrive il calvario di Alfred, che per motivi ignoti venne frustato e picchiato per tre ore su una pubblica strada in «modo inusitato, crudele, disumano, barbaro e scioccante». Non sappiamo cosa accadde piú tardi, quella sera, quando i numerosi Coltrane neri tornarono ai loro alloggi. Forse medicarono le terribili ferite di Alfred. Forse tra coloro che si occuparono di lui c'erano anche Andrew e Mary Ann, i bisnonni di John Coltrane.

Molte delle sofferenze a cui assisteremo nel corso della vita saranno piú atroci delle nostre. C'è la questione di come possiamo aiutare e quella di cosa fare quando non è possibile dare una mano. Spesso si pensa alla sofferenza dell'altro: cara amica mia, ti spetta ancora cosí tanta vita, come può succedere una cosa del genere? (Sono al Mass General in attesa di vedere Emily). Per lealtà, teniamo nella mente la visione della loro angoscia privata. Attraversiamo con loro tutte le emozioni, ma spesso pensiamo – o ci comportiamo come se pensassimo – che per noi l'abisso è ancora lontano. Crediamo che avremo un preavviso sufficiente per poterci salvare o almeno per minimizzare lo shock. Vogliamo pensare di poter evitare l'evento improvviso, vogliamo pensare di poterci preparare. Poi il terreno si apre sotto i nostri piedi. La vita non è solo piú terribile di quanto sappiamo, è anche piú terribile di quanto ci è dato sapere. Se avessimo idea di quanti relitti giacciono sui fondali, non viaggeremmo mai piú per mare.

Arriverà il momento in cui sarò io a dover affrontare la sofferenza piú atroce. Dovrò capire che la mia sofferenza non ha un significato piú profondo. Dovrò accettare la mia estinzione, dovrò capire che il mio aspetto, la mia voce, la mia andatura, le mie preferenze e i miei modi di fare, per non parlare degli innumerevoli e indefinibili tratti che costituiscono tutto ciò che considero il mio io, svaniranno, e svaniranno molto presto. Tra cento anni non solo sarò morto, ma anche sostanzialmente scomparso perché sopravviverò solo come diceria, come traccia. E l'oblio passa attraverso la sofferenza, un percorso terribile verso un destino terribile.

Ormai siamo in un periodo in cui non possiamo pensare ai nati nei primi anni Trenta senza immaginare che presto moriranno. Molti di loro sono già morti. Tra un decennio, a rigor di logica, saranno condannati tutti i nati nei primi anni Quaranta. Tra vent'anni, essere nati negli anni Cinquanta significherà appartenere alla generazione che si sta estinguendo. Gli anni Sessanta. Settanta. Gli anni Ottanta saranno per qualcuno quello che gli anni Trenta sono per noi oggi: il segno di un addio imminente. Le generazioni si spengono completamente, i pochi longevi non resistono molto piú a lungo degli altri. La mietitrebbia della morte è la macchina piú infallibile. Eppure, per ora, in questa sala d'attesa d'ospedale, a nemmeno cinquant'anni e angosciato per un'amica che ne ha piú di sessanta, la mia vita è piena come sarà un giorno la mia estinzione. Sono silenzioso e incredulo, come quei giovani piloti kamikaze negli ultimi mesi di guerra, quei giovani capitani e tenenti che, costretti a immaginare l'inimmaginabile, scrissero le lettere che furono consegnate dopo la loro morte. Prenditi cura della mamma, ora non ha altri che te. Mi dispiace lasciarvi in questo momento. Perdonami per averti causato tanto dolore mentre ti avvii al tramonto. Un giorno forse capirai che ho fatto il mio dovere.

Si alza dal divano, forse per andare a prendere un bicchiere d'acqua in cucina, e proprio in quel momento entro in soggiorno. La raggiungo e avvicino il mio viso al suo. Le nostre braccia pendono sui fianchi. L'amore è zittito dalla sorpresa. Carezza la cicatrice sul mio avambraccio.

Appoggio la guancia destra alla sua. I nostri volti hanno la stessa temperatura calda e rimango lí per quasi un minuto. Restiamo cosí, in piedi, con le guance che si toccano, unite ma senza pressione.

Il Tercentenary Theater – che non è un vero e proprio teatro, ma un gruppo di alberi che nei mesi piú caldi crea una cattedrale dal tetto verde nel cuore del campus – è attraversato in modo irregolare da sentieri pedonali e delimitato principalmente da quattro edifici: Memorial Church, Widener Library, Sever Hall e University Hall. Quest'ultimo fu progettato da Charles Bullfinch e completato nel 1815. Piú di venticinque anni fa, ben prima che mi trasferissi qui, nel Tercentenary Theater è stata installata un'opera dell'artista David Ward. Si chiamava *Canopy*. Esiste una poesia con lo stesso titolo scritta da Seamus Heaney per accompagnare l'opera di Ward, e c'è anche un libro che raccoglie i pensieri degli ospiti e fotografie dell'installazione, nonché un video online di una conferenza che Ward tenne sul progetto qualche tempo dopo averlo realizzato. L'elemento principale di *Canopy* era il suono. Ward aveva installato trenta altoparlanti a batteria ricoperti di iuta sui tronchi degli alberi, molti dei quali erano olmi maturi. Gli altoparlanti camuffati, che assomigliavano un po' a nidi di vespe, erano posizionati ben al di sopra dell'altezza media di noi umani. Nella conferenza Ward spiegò che l'invito a creare quell'opera lo aveva messo di fronte al problema di come rispondere all'imponente scenografia senza doverne essere «definito». La sua soluzione era stata quella di registrare un assortimento di voci umane che creavano un coro sibilante da trasmettere al crepuscolo. Il testo scelto era *Le città invisibili*, di cui venivano letti frammenti in varie lingue integrati con storie sul luogo, storie significative e personali per i lettori. E cosí, per alcune ore al giorno, per due settimane all'inizio dell'estate del 1994, *Canopy* aveva trasformato il centro del campus in un bosco magico.

L'installazione doveva aver avuto un po' del potere ipnotico del *Forty Part Motet* di Janet Cardiff, con le sue innumerevoli voci che plasmano e creano lo spazio. Ma a colpirmi di piú di *Canopy* è un aspetto minore, ovvero l'uso insolito che Ward fa della parola «definito» nella sua conferenza. Ward spiegò di essersi trovato di fronte a due possibilità: venire definito come quello che celebra l'istituzione o come quello che, in qualche modo, sembra pronto a criticarla. Non voleva trovarsi in nessuna delle due posizioni. All'inizio ero affascinato da questo suo desiderio di non essere definito e mi sono identificato con il suo rifiuto. Ma dopo un po' ho visto le cose in modo diverso. Perché non voleva sembrare pronto a criticare l'istituzione? «Sembra pronto», aveva detto: sembrare, apparire. Vorrei non preoccuparmi dell'apparenza di criticare l'istituzione. Ogni luogo ha una storia piú profonda di qualsiasi persona in quel luogo e questo luogo in particolare ha un punto di vista ben preciso sulla propria storia. Nonostante abbia fatto di tutto per evitarlo, Ward è stato definito dal luogo: ha celebrato l'istituzione. Anche Venus, Bilhah, Titus e Juba sono stati definiti da un'istituzione che dovrebbe offrire alla loro memoria ben piú di una piccola targa commemorativa. Anche Louis Agassiz, famoso zoologo e principale sostenitore del razzismo «scientifico», è stato definito da una targa celebrativa. Lo sguardo da nessun luogo non esiste.

In classe i miei studenti guardano *Sotto gli ulivi* di Abbas Kiarostami. La donna che interpreta la signora Shiva è elencata nei titoli di coda come Zarifeh Shiva, ma non riesco a trovare nessun altro film in cui sia citata. Questo, unito al fatto che ha lo stesso nome del suo personaggio, contribuisce a confondere attrice e personaggio. La signora Shiva sembra avere tra i quaranta e i cinquant'anni ed è bella in modo semplice e assoluto, la bellezza di una donna che cammina in strada senza accorgersi di infiammare gli animi dei passanti. La signora Shiva ha grandi occhi disegnati dal kohl. Nel film è una produttrice o showrunner e ha un'aria capace, affidabile e serena. Ha un ruolo importante, ma non è tra i protagonisti. Eppure è a lei che la mia mente torna, al suo volto memorabile, al suo piglio deciso, al suo ruolo sobrio e interpretato alla perfezione.

Sotto gli ulivi è uscito nel 1994 e, come molti altri film di Kiarostami, è semplice e ripetitivo, o meglio fa un uso complesso della semplicità e della ripetizione in modo del tutto intenzionale. All'inizio del film c'è una scena in una scuola femminile nell'Iran rurale del Nord, con un regista, la signora Shiva e un gruppo di ragazze. Il regista fa delle domande alle ragazze: come si chiamano, dove vivono, che materia stanno studiando. La signora Shiva annota le loro risposte. È in corso una sorta di casting. Il regista vorrebbe far interpretare a una delle ragazze un ruolo in un film che sta girando in zona. Il film di fantasia, di cui vediamo parte della realizzazione, è quindi un film all'interno del film di Kiarostami che stiamo guardando.

Una buona fetta di *Sotto gli ulivi* è dedicata a riprese ripetute di una scena in particolare. Una delle ragazze della scuola, poco piú che adolescente, è stata scelta come novella sposa. Un ragazzo forse un po' piú grande interpreta il marito. Ripresa dopo ripresa, i due sbagliano battute e movimenti. La ragazza sembra restia ad aprire bocca. Si scopre che tra i due c'è una storia: lui è innamorato, ma non è corrisposto. La famiglia di lei lo ha respinto perché è analfabeta, ma lui vuole comunque convincere la ragazza del suo amore. Questa turbolenza emotiva fa sí che entrambi facciano fatica a seguire le semplici indicazioni del regista. Il regista è paziente forse perché sa di lavorare con dei non professionisti o forse perché, come controfigura fittizia di Kiarostami, sotto sotto gode della natura farsesca dei fallimenti. Il ragazzo dovrebbe dire: non trovo le scarpe. E lei: forse sono di sotto. Il ragazzo dovrebbe scendere le scale e dire: non le trovo. Ma non ci riescono. Lui dice male le sue battute o scende le scale prima che lei abbia risposto oppure lei non risponde. Il regista e la sua troupe allenata alla sopportazione li invitano a girare e rigirare la scena.

Secondo Ira Peck, che andò a trovarlo nel 1948, Thelonious Monk viveva in un piccolo appartamento in un caseggiato popolare. In camera c'erano un pianoforte verticale, una brandina, una cassettiera, una sedia e delle fotografie, una di Sarah Vaughan accanto al letto, una di Ellington sopra il pianoforte e una di Billie Holiday, la piú memorabile, incollata al soffitto vicino a una lampadina rossa. I dettagli ricordano la musica di Monk: la foto sul soffitto, la lampadina rossa, commoventi come le sue note inaspettate, limpide. Gli piaceva sdraiarsi e guardare la foto di Billie ed è forse per questo che la sua interpretazione di *I Don't Stand a Ghost of a Chance with You*, registrata nel 1957, assomiglia tanto, straziante e incerta com'è, alla versione da lei registrata due anni prima in *Music for Torching*. Dettagli simili: Johannes Brahms prese un solo studente di composizione, Gustav Jenner, che aveva conosciuto alla fine del 1887. Il padre di Jenner, un medico, si era suicidato tre anni prima quando si era scoperto che aveva abusato di varie pazienti. Forse è per questo che il figlio desiderava adottare una figura paterna. Molti anni dopo, nel suo memoir del 1930, Jenner descrive l'appartamento di Brahms. Nel soggiorno c'erano una scrivania e un pianoforte, sopra il quale spiccava un medaglione-ritratto di Robert e Clara Schumann. L'ingresso dell'appartamento era vicino alla camera da letto e fu proprio quel difetto di progettazione viennese che permise a Jenner di intravedere la camera di Brahms, con l'incisione di J. S. Bach sopra il letto.

Il marito di Lucas e il ragazzo balzano in piedi, terrorizzati. Sanno cos'è successo. Hanno appena visto la città crollare davanti ai loro occhi, la città in cui vivono quasi tutte le persone care al ragazzo. Raccolgono in fretta le loro cose. Lucas non mi dice che si rivestono, ma è un dettaglio implicito. Salgono sull'auto presa in prestito e il marito di Lucas guida come un pazzo fino alla città. Port-au-Prince è un ammasso di macerie. Dagli edifici crollati si levano grida agonizzanti. Il marito di Lucas accompagna il ragazzo vicino al suo quartiere. Cosa deve fare? È quasi sera. Lo conosce a malapena. Lo saluta.

I colleghi americani del marito di Lucas sono quasi tutti presenti, ma i colleghi haitiani sono in giro a cercare i familiari. Il giorno dopo riesce a telefonare al ragazzo e scopre che è successo il peggio: sono morti entrambi i suoi genitori e due dei tre fratelli. (A questo punto mi sento in colpa per averli immaginati come dei delinquenti). Il marito di Lucas è paralizzato dal senso di colpa. Lascia dei soldi in una busta – non sono pochi ma rimangono sempre troppo pochi – e chiede a un giovane membro del personale di consegnarli al ragazzo. Di sicuro il denaro non viene consegnato. Parte senza rivedere il ragazzo e torna a Houston con quel dolore indicibile.

Il 25 agosto 2012, il giorno in cui Neil Armstrong morí e la Voyager 1 entrò nello spazio interstellare, il «Morgunblaðið» riportò che una straniera era scomparsa nel canyon vulcanico di Eldgjá, in Islanda. Un gruppo di turisti era sceso dal pullman per vedere la fessura vulcanica e al rientro mancava una persona. Le ricerche erano durate tutto il giorno e la turista non era stata trovata. Il bollettino della polizia la descriveva come una donna di origine asiatica sui vent'anni, vestita di scuro, che parlava un buon inglese e aveva con sé una piccola borsa. La squadra di soccorso Stjarnan di Skaftártunga aveva perlustrato la zona con auto e mezzi speciali e battuto tutti i sentieri intorno al fiume. Erano stati chiamati i rinforzi dalle contee di Rangárvalla e Vestur-Skaftafellssýsla.

Il giorno seguente il «Morgunblaðið» riferí che la massiccia operazione di ricerca era proseguita fino alle tre di mattina circa. Solo allora qualcuno si era reso conto che la donna era stata ritrovata, o meglio che non si era mai persa: era sempre rimasta sul pullman. Non solo si era cambiata, e quindi la descrizione non coincideva con quella fornita dalla polizia, ma non aveva nemmeno capito che la persona descritta era lei. Aveva partecipato alla ricerca di se stessa.

Tutto questo succedeva piú di sette anni fa. Perché la storia è riemersa sui media alla fine dell'anno scorso? Perché solo allora si è davvero diffusa a livello internazionale e vari organi di informazione ne hanno parlato come se fosse appena accaduta? È diventata virale ed è stata usata come metafora per sottolineare l'ipocrisia dei politici. Una variante particolarmente popolare riguardava la partecipazione di Justin Trudeau a una marcia per il clima: guardate, Trudeau a una marcia per il clima è proprio come quella donna che si è unita alle squadre di soccorso per cercare se stessa. L'incidente di Eldgjá è diventato l'unica cosa che i social media ci hanno visto: una forma di intrattenimento. L'aspetto comico è diventato l'unica chiave di lettura dell'episodio. Il nome della turista non è mai stato fatto. Non c'era piú una donna, non c'era piú una persona, solo una storiella divertente.

Il Massachusetts è semplicemente casa per Sadako. Per me è stato diverso, e trasferirmi qui ha alterato la mia idea di cosa significhi vivere con la storia. Avevo percepito New York come una città dove affioravano le tensioni del XIX secolo. Nel Massachusetts sono consapevole di strati piú antichi, di un tempo piú profondo. Anche New York era stata occupata, in un incontro con il colonialismo non meno doloroso, ma il Massachusetts sembra in qualche modo costringere a un tuffo verticale nel tempo. Essere qui significa ricordarsi dei principî di partenza, di chi ha fondato cosa e dove, di vite rese impossibili appena i bianchi avevano iniziato ad arrivare. Questo territorio evoca il mattino del nuovo Paese, le sue prime pagine. La documentazione storica presente ovunque in queste città immerge ogni giorno in un passato lontano, segna ogni luogo con le tracce tangibili del Seicento, del Settecento, dell'Ottocento, del Novecento, del nuovo secolo.

Gli archivi sono pieni di voci. C'è la lettera inviata nel settembre del 1753 da Samuel Moho, residente a Stoughton, a William Shirley, governatore della provincia della baia del Massachusetts. La petizione è firmata da Moho e da altri Ponkapoag del Massachusetts: Abigail George, Samuel George, Hannah George, Dinah Moho, James Quok e Sarah Moho. Il preambolo è carico di dolore. «Hanno saccheggiato i nostri boschi, le paludi di cedro e gli alberi sono stati distrutti, non abbiamo piú legna da ardere». La richiesta contenuta nella lettera è semplice. Sotto il giogo di capi militari ingiusti, gli imprigionamenti severi e le crudeltà immotivate sono all'ordine del giorno. I firmatari vorrebbero un trattamento piú umano. Ma il dolore della lettera sconfina nel tono di abnegazione che sentono di dover assumere per farsi ascoltare. «Vi consideriamo i nostri padri», scrivono a gente che non ha nulla di paterno. «Crediamo che vogliate essere gentili con noi», scrivono a chi non ha nessuna intenzione di essere gentile con loro. «Non prendetevela per le nostre lamentele». La lettera viene firmata da tutti, e chi non sa scrivere mette una «X» accanto al nome.

Sono in garage e sto cercando una piastra a sgancio rapido per il mio treppiede. All'improvviso mi si oscura, di nuovo, l'occhio sinistro. Mi ero girato verso la luce che entrava dai pannelli trasparenti sopra la porta del garage. Ho sentito una pressione dietro l'occhio, poi una tenda grigia è scesa sul mio campo visivo. Non mi fa male, non mi faceva male neanche le altre volte. Vado in soggiorno a dirlo a Sadako. Le dico che non voglio che si preoccupi. Non so se sia preoccupata o meno, ma mi suggerisce di salire a sdraiarmi in camera da letto e mi chiede se voglio un impacco freddo.

La prima volta che è successo, nove anni fa, è stato il mattino dopo che ero rimasto sveglio fino a tardi per finire di leggere i diari di Virginia Woolf. Ieri sera ho letto *Morte di una falena*. Tutte le coincidenze della nostra vita si spiegheranno, alla fine? Ci sarà un libro mastro cosmico in cui tutti i conti tornano? Sadako mi chiede se sono sicuro di non volere l'impacco. Le dico che preferisco aspettare che il grigio sparisca da solo. Siamo nella penombra della camera da letto. Adesso sul suo viso c'è una traccia evidente di preoccupazione. Scende. Quando torna, un quarto d'ora dopo, la mia vista è già quasi normale. Sto leggendo un libro.

La parrucca di Emily ricorda quelli che erano i suoi capelli, riccioli grigi tagliati appena sotto le orecchie. Ma so che è in chemioterapia e si vede che è una parrucca. Ho messo la parrucca, dice, allegra. Ha anche una spilla, una libellula, il che è insolito perché non le ho mai visto indossare spille. È stato un inferno, dice, e detesto dire quello che dicono tutti, che la chemio è un inferno. Dovrei fare un altro ciclo tra due settimane, ma non so se ce la faccio. È davvero difficile parlare di angoscia quando la gente si aspetta che parli solo di disagio. Ti senti come una strana eccezione, che soffre mentre tutti gli altri vanno avanti con la loro vita, le loro gioie. Mariam dice che devo andare fino in fondo, ma io non so se è cosí. Perché devo? (Perché dobbiamo continuare a vivere?, diceva il pescatore).

Voglio cambiare argomento. Le chiedo come va il progetto di alluminatura ad Atacama, ma lei mi guarda con occhi tristi. Ha perso anche l'astronomia. Ma poi ritrova la voce. La vita è mesi, dice. Un ciuffo di tempo qui, un ciuffo di tempo là, mesi che scorrono l'uno nell'altro. Cambia di continuo, dice, ci cambia in modi di cui nemmeno ci rendiamo conto. In un certo senso, dice, capisco che è un'unità di tempo per cui non esiste un nome, non è un anno, non è una settimana, non è un singolo mese. È un gruppo di mesi, ma neanche «gruppo» sembra la parola adatta.

Cento giorni, duecento giorni. Non parlo di stagioni, no, niente di cosí regolare. Ma siamo cosí immersi nelle cose che non ricordiamo i dettagli. Una nuvola di mesi, e poi un'altra, una scorta di nuvole che si assottiglia.

Lucas è loquace, goffo. Provo una profonda sensazione di pace in sua compagnia. La terza volta che ci incontriamo dice che sa che ho conosciuto suo padre in Europa, ma non gli sono chiare le circostanze esatte. È stato a Basilea nel 1995, gli dico. Oh sí, certo, dice, mia zia Agnes viveva lí in quel periodo. Stavo viaggiando con l'Eurail, gli racconto, alla fine dell'estate, poco prima di iniziare l'anno di studi all'estero a Gottinga. Quel sabato il Kunstmuseum era tranquillo, forse perché era presto. Adesso il museo è stato ampliato e ha un'imponente ala moderna. Allora c'era un maggiore contrasto tra l'edificio dall'aspetto freddo, istituzionale, e la magnificenza di certi pezzi della collezione. All'epoca non avevo ancora molta esperienza di arte europea e quando visitavo un museo non osservavo le opere in modo critico, ma le guardavo con attenzione. Passavo da una sala all'altra, rapito. Cercavo di trascorrere piú tempo con i quadri che con le didascalie.

A quel tempo ero affascinato da Hans Holbein il Giovane e la collezione del Kunstmuseum era insolitamente ricca di opere sue, per un buon motivo: Holbein aveva lavorato a Basilea da giovane prima di passare alla fase piú complicata e di maggiore successo della sua carriera, quando era entrato alla corte di Enrico VIII. Quel mattino avevo visto il ritratto di sua moglie, raffigurata in modo ben poco lusinghiero, il viso pallido e chiazzato, con due dei loro figli piú grandi, e anche quello di Erasmo da Rotterdam alla scrivania e di Bonifacius Amerbach. Ma l'impatto di quelle opere magnifiche era stato subito messo in ombra dal suo terrificante capolavoro, *Il corpo di Cristo morto nella tomba*. Alta appena trenta centimetri e lunga due metri, la tavola raffigura il Cristo supino, a grandezza naturale e quasi nudo. Lungi dall'essere un'immagine di amore sacrificale, il dipinto di Holbein è una rappresentazione cruda, quasi oscenamente clinica, di quello che è il corpo di un uomo morto, prima ancora di un Cristo morto. È emaciato, rigido, con orribili decolorazioni nei punti in cui è stato trafitto: la mano, il piede, le costole. I capelli castani sono arruffati e il volto grigio, necrotico, ha uno sguardo sorpreso, la bocca spalancata, gli occhi infossati, lo stesso sguardo dei dissidenti assassinati, lo stesso sguardo da incubo che ricordo di aver visto sui giornali da ragazzo, quello dei banditi giustiziati sommariamente che la polizia portava in sfilata a Lagos. L'unica concessione al decoro nel dipinto di Holbein è una sorta di perizoma bianco. Quella mattina a Basilea non sapevo ancora che era stato proprio questo quadro a mettere in crisi la fede del principe Myškin nell'*Idiota* di Dostoevskij.

Ma in un museo la vita si infrange sullo spettatore a ondate. Nessuno stato d'animo rimane invariato. Dopo *Il corpo di Cristo morto nella tomba* c'erano mazzi di fiori, pale d'altare, paesaggi. E mi ero reso conto che, mentre passavo da una sala all'altra, c'era un uomo che arrivava appena dopo di me oppure era già lí. Non ci eravamo ancora scambiati uno sguardo, ma era inevitabile che a un certo punto ci saremmo trovati davanti alla stessa opera. Quando era successo, eravamo rimasti lí un po' piú a lungo di quanto avremmo fatto normalmente, trattenuti non tanto dal quadro in sé quanto dalla consapevolezza di vederlo con qualcun altro. Era stato lui a parlare. Per come si trova il bicchiere, cosí vicino al bordo, aveva detto, tutto può accadere. In un attimo una vita può essere distrutta. È questo che rende l'opera una vanitas.

Era piú vecchio di me (com'è vivido il ricordo del suo viso mentre descrivo a Lucas quella giornata). Il quadro si intitolava *Natura morta con bicchiere di vino e limone tagliato* ed era di un artista olandese che non conoscevo, Jan Jansz Van de Velde III. La tavola era una distesa buia, una composizione in nero e grigio: bicchiere *römer* scuro, stelo lavorato scuro, tovaglia scura, sfondo scuro e tempestoso; in pratica, la cupezza della scena era ravvivata solo dal mezzo limone e dal ricciolo di buccia giallo-bianco. La luce entrava da una finestra alta e creava un quadrilatero chiaro sulla parete di fronte al dipinto di Van de Velde. Quella battuta era una specie di invito, che io avevo accettato. Ci eravamo fermati a osservare insieme il quadro successivo e quello dopo ancora. Avevamo parlato guardando alcuni quadri, mentre altri ci avevano imposto di tacere. Ci eravamo mossi nelle sale in sincronia: *L'isola dei morti* di Böcklin, *Il fantino ferito* di Degas, una serie di tele di Hodler. Ormai il museo era affollato e grazie agli altri era piú facile essere in due. Davanti a Sophie Taeuber-Arp gli avevo detto il mio nome e lui mi aveva detto il suo. C'erano un bel Cy Twombly e una scultura di Giacometti.

Un mese dopo era arrivata una lettera al Global Exchange Program dell'università di Gottinga. Era stata spedita da Chicago. Quella lettera aveva inaugurato la corrispondenza piú ricca e intensa della mia vita. All'inizio ci scrivevamo due volte al mese ed eravamo andati avanti cosí per molti anni, fino a quando l'e-mail non era diventata una cosa comune. Allora il ritmo era aumentato ancora di piú. La conversazione ideale. Ci scrivevamo di cose ordinarie e di cose immortali, di arte, musica, letteratura e memoria. E ci scrivevamo della morte. A posteriori sembra qualcosa di mitico, ma all'epoca era semplicemente la grana della vita. Abbiamo continuato quella conversazione per quasi vent'anni, con solo due o tre periodi di calma in mezzo, mai piú di qualche mese. Solo alla fine la frequenza è diminuita. Ormai sono tre anni e mezzo che lui non c'è piú e mi sento ancora smarrito.

In questo inverno ordinario della mia vita ordinaria si può dire che ho un'idea abbastanza precisa di come sarà il mio domani. Prevedere il dopodomani è solo un filo meno scontato. Dal punto di vista dell'oggi, ogni successivo domani diventa sempre piú vago finché non ci si immagina un futuro lontano in cui non si vede quasi nulla e ben poco si può prevedere con una certa accuratezza. Il futuro è una serie di domani sempre meno chiari. Eppure continuiamo a fare piani. A fine marzo andrò finalmente a Santiago. Continuo a lavorare al testo per quella conferenza. In aprile io e Sadako torneremo in Giappone per dieci giorni. A Tōkyō lavorerò a «Search Party» e a Ōsaka faremo visita alla sua famiglia. In luglio farò il mio primo viaggio a Dakar e anche una mostra, e la cosa mi entusiasma. Non ho ancora preso decisioni sull'invito ad Amburgo e sulla possibile mostra a Huntsville. E in mezzo a tutto c'è l'insegnamento, insieme alla fotografia e alla scrittura.

Il tipo di lavoro che faccio mi porta in luoghi in cui sono ricevuto come un ospite d'onore, luoghi in cui cerco di pensare e parlare e in cui tento di non pontificare. Tutto questo è vero, ma non è la realtà. C'è un'altra realtà, quella personale. E poi c'è quella segreta, scura come il sangue che mi pulsa nelle vene, un fiume freddo che scorre inosservato, un luogo di incertezze e premonizioni. Lí vive qualcosa che non ha bisogno di me per muoversi e che mi porta dove non posso immaginare. Un'oscurità a cui gli occhi non potranno mai abituarsi.

Non manca molto, forse solo qualche settimana, al momento in cui andrò a ritirare la posta del dipartimento e troverò una busta bianca con il bordo nero. Dentro ci sarà un biglietto con su scritto: «Emily Tamara Brown, professoressa di astronomia». Non posso evitare alla mia amica il colpo di mannaia finale. Dopo ci sarà la funzione commemorativa a Jamaica Plain, il ticchettio dei passi sulla pietra del pavimento di una chiesa in inverno. Abbracceremo Mariam e i figli e cercheremo di darle conforto con le nostre parole inutili, un triste finale su cui rimugino come se fosse già avvenuto.

Le ruote dell'autobus girano, girano. C'era il mercante John Codman, notoriamente crudele, che aveva molti schiavi, tra cui un uomo di nome Mark e una donna di nome Phillis. Tra i vari crimini di Codman c'era quello di aver separato Mark dalla sua famiglia. Ma Mark sapeva leggere e lesse tutta la Bibbia per capire se poteva uccidere Codman senza macchiarsi di un peccato mortale. Non sappiamo cosa abbia scoperto e non importa. Quello che sappiamo è che Mark non riuscí a reprimere il bisogno di fare quello che doveva fare. Insieme a Phillis e ad altri si procurò dell'arsenico e trovarono il modo di somministrarne al loro padrone sette piccole dosi durante i pasti; Codman cominciò a star male e morí nel luglio del 1755. Ma l'omicidio fu scoperto e tre giudici, tutti laureati a Harvard, condannarono a morte Mark e Phillis e spedirono i loro complici a lavorare nelle piantagioni di canna da zucchero caraibiche.

Avon Hill, dove si trova il mio studio, un tempo si chiamava Gallows Hill, collina della forca. Molte delle case qui sono ancora enormi, ma parecchie altre sono state convertite in appartamenti. In fondo all'isolato c'è un poggio e su quel poggio, nel settembre del 1755, Phillis fu legata a un palo e messa al rogo, una punizione estremamente rara nel New England coloniale, un atto di crudeltà terrificante. A una decina di metri da lí, Mark fu impiccato. Il suo corpo venne poi trasferito e incatenato a un patibolo di Charlestown perché tutti potessero vederlo. Tre anni dopo, un passante si accorse dell'insolito stato di conservazione del corpo. Vent'anni dopo, il cadavere di Mark era ancora lí, esposto come monito in uno spiazzo di Charlestown, con le ossa che sbiancavano gradualmente al sole. Non ho mai desiderato uccidere. Le ruote dell'autobus girano, girano. Ma ora sí. Farò amicizia con i servi di cui non ci si può fidare, con chi ha poche possibilità di invecchiare.

Sono sicuro di aver già visto quell'uomo. Devo avergli parlato da qualche parte, ma la memoria non mi aiuta. È snello, alto, di carnagione molto scura. Forse è senegalese e proprio mentre formulo questo pensiero mi rendo conto di chi è. È l'uomo con cui ho avuto una discussione davanti al Louvre. Ma ora fa grandi sorrisi, è gentilissimo e mi offre qualcosa: una borsa di pelle chiusa, sembra un piccolo sacco. Gli dico che non mi interessa. Lui continua a sorridere e a tendere la borsa verso di me. *Ouvrez-le*, dice. *Ouvrez-le.* E poi dice in inglese: non hai proprio idea. Alla fine mi sfinisce e mentre apro il fermaglio della borsa ride. Dentro è scuro e il cuore mi batte forte. Mi sporgo in avanti per guardare meglio. La borsa contiene un'enorme lucertola che si contorce.

Ho altri amici che condividono il mio amore per le Suite per violoncello, ma è stato lui a farmi conoscere la versione di Anner Bijlsma. Qualsiasi cosa avesse a che fare con le Suite per violoncello volevo condividerla con lui. Le interpretazioni magnifiche non si contano e rappresentano una tale testimonianza di abilità tecnica e di ambizione che i violoncellisti cercheranno sempre di aggiungere la loro lettura alla discografia. Quando però Bijlsma è morto l'anno scorso, non ho potuto parlarne con il mio amico. Quando ho scoperto una registrazione delle Suite di Arnau Tomàs che mi ha appassionato, non ho potuto parlarne con il mio amico. Ormai nulla può essere nuovo per il mio amico. La conversazione ideale è diventata un monologo.

Lei sta scendendo le scale, io salgo. Ha una camicia sottile. Con la mano sinistra sfioro la sua. Si volta e mi prende la mano. Cosí, con le mie quattro dita tra il suo pollice e le altre dita e le sue quattro dita tra il mio pollice e le altre dita, saliamo le scale lentamente. Non posso sopportare per un altro istante di non essere dentro di lei.

Sotto gli ulivi è girato in un paesaggio di devastazione. La scuola femminile è stata ricostruita solo di recente e il set del film nel film è una rovina. Nel 1990 un terremoto aveva colpito quella zona mietendo tra le 35 000 e le 50 000 vittime. La portata di questa tragedia rimane sullo sfondo di *Sotto gli ulivi*. Al centro della scena c'è la piccola commedia – e tragedia – dell'amore. Nel frattempo, nelle campagne la vita continua, la gente ripara le strade, va a prendere l'acqua, recita una parte per un regista in visita. Il ragazzo dice che forse è per volontà di Dio che i genitori della ragazza sono morti nel terremoto, dato che avevano rifiutato la sua proposta. Ma la nonna, che ora è responsabile per lei, tiene il punto e continua a rifiutare la mano del ragazzo. L'insistenza del ragazzo assume un tono diverso quando ci rendiamo conto che anche quasi tutta la sua famiglia è stata spazzata via. E gli sposi che il ragazzo e la ragazza interpretano attraversano un periodo di lutto altrettanto pervasivo. Sessantacinque parenti del giovane marito fittizio sono morti.

Non vengono mostrati cadaveri, non ci sono flashback, la tragedia quasi non viene citata in maniera diretta. Quello che vediamo è la strana calma del dopo. Vediamo gente sopravvissuta all'impossibile, rassegnata alle leggi della praticità. Sopravvivere è continuare a vivere, vincere sulla distruzione: *survivre*, *supervivencia*. Pensi di sapere quanto può essere dura la vita, poi succede qualcos'altro, qualcosa di diverso da quello che ti eri concesso di aspettare, e devi rivedere tutto. Succede di continuo, non c'è fine alle sorprese. C'è sempre qualcosa di inaspettato che arriva, implacabile. Viviamo sulle macerie dell'esperienza. *Überleben*. Nel film è il paesaggio a trasmetterci gran parte di quel dolore. La fotografia si affida al panorama, ben poche spiegazioni sono necessarie. Gli uliveti, le montagne, l'ordinarietà dei lavoratori e degli immigrati in un'area impoverita, lo sconcerto reciproco dei visitatori di città e dei sopravvissuti di campagna: tutto parla da sé, come fosse privo di aggettivi.

Li compro io i fiori. Lui ha molte altre cose da fare a casa. Staccare le foglie morte dalle piante, riempire le vaschette per il ghiaccio, portare su dal garage le bottiglie di vino rosso. Vuole smistare la pila di buste non aperte: l'assicurazione, la stazione radio Wgbh, il museo Gardner, il negozio di arredamento West Elm, le offerte per le carte di credito. Per la seconda volta ha trovato un biglietto di auguri di capodanno consegnato alla persona sbagliata, destinato all'altra Ellis Street nell'altra Cambridge. Scriverà a mano un biglietto e lo spedirà. È una mattina luminosa, cosí fredda da togliere il fiato. La ghiaia davanti a casa è ricoperta di brina scintillante.

Torno in mattinata, sul tardi. Mentre mi unge i capelli al piano di sopra, Tunde mi dice che ha sentito Emily. Tre settimane fa le notizie erano pessime e temevamo il peggio, ma ora sembra che ci sia stata una remissione quasi miracolosa. I medici sono sorpresi quanto Emily. È tutto ancora incerto – ci vorranno anni prima che ci sia una qualche certezza – ma pare un raro colpo di fortuna. Il secondo ciclo di chemio ha funzionato, mi dice, ed Emily spera di tornare a insegnare in autunno. Mentre parla, singhiozzo sommessamente. È il sollievo che mi fa piangere e ora lui mi consola come ho fatto io con lui quando, in lacrime, mi ha detto che Emily stava morendo.

Questa notizia ricarica la nostra giornata, la rende piú leggera. Mentre prepariamo la festa, il tempo vola. A metà pomeriggio devo rispondere a una rapida telefonata di lavoro, perché Finn deve parlarmi di conti che non tornano. Tunde rientra dal suo studio alle cinque e ci mettiamo a cucinare. Stasera ci sarà il gumbo fatto in due modi, uno con *andouille* affumicata, l'altro in versione vegetariana. Gli ospiti inizieranno ad arrivare con il buio, lasciando le scarpe fuori dalla porta e i cappotti sull'ottomana nel mio studio al piano di sopra. Per un breve istante si trovano soli nel silenzio di una stanza in casa di qualcun altro, a liberarsi di strati inutili. La musica si diffonde da altoparlanti invisibili: *Since I Fell for You* di Gladys Knight. Posano lo sguardo sui miei disegni botanici e sulla foto incorniciata di John Coltrane. Poi scendono nel rumore della folla.

Tunde sta preparando i cocktail Aviation con l'aiuto di Sean e gli ospiti si accalcano. In ogni coppa ci sono dei petali di viola. Tunde e Sean non riescono a stare dietro alle richieste e alla fine si arrendono e spingono gli invitati verso il vino rosso. Masako sta chiacchierando con Lucas e suo marito, Jarvis, che vedo per la prima volta. Non è molto alto, ha i capelli grigi ed è straordinariamente bello. I loro figli sono di sopra, nella stanza degli ospiti, rapiti dall'iPad. Taiwo ride con Amina, l'amica di Tunde. Rae e partner sono saliti sul tetto per fumare. Che meraviglia tutta questa attività, tutto questo brio. Il campanello suona ed è Anthony, che non vedevamo dalla candidatura al Pulitzer e dal divorzio. È con una donna che non conosco. Facciamo passare la sua sedia a rotelle. Dietro c'è la mia amica e collega Angela. Gruppetti di altre persone, certe meno familiari, compresi un paio di altri ricercatori venuti con Amina. Il tavolo della sala da pranzo è illuminato da un grande vaso di peonie, speronella e ortensie. Fiori veri, stagioni finte. Angela ci racconta come ha contribuito alla rinascita della lingua dei Wampanoag. Qualcuno cambia la musica. *Cranes in the Sky*. *Nights* di Frank Ocean. Vengono passate ciotole con cumuli di riso bianco su cui è servito il gumbo ed è come se la gente non si rendesse conto di avere fame finché non inizia a mangiare. Qui alle feste ci si aspetta di bere, non di mangiare. Ma a noi piace nutrire le persone ed è un dono poterlo fare in comunità. Quanto è grandioso quello che ci circonda e inconsistente quello che ci preoccupa. Incrocio lo sguardo del mio amore. Lui mi impedisce di perdere la testa, io gli impedisco di perdere l'equilibrio.

Quando la festa è ormai agli sgoccioli, Rae tira fuori una piccola sacca e dalla sacca un flauto. Inizia a suonare, e nella stanza cala il silenzio. Sono in piedi davanti al mobile su cui è esposto il ci wara in legno che abbiamo comprato a Wells. I figli di Lucas scendono in punta di piedi e guardano dalle scale. Non riesco a capire se Rae sta improvvisando o se sta suonando un pezzo specifico, ma il suono è concentrato, naturale, elegiaco, con note sostenute. Mi pare sia in modo frigio e in una sezione ci sono motivi ostinati che sembrano andalusi, o ricordano il richiamo di un muezzin. Poi il pezzo sfocia in una bella melodia che non mi aspettavo, ed è cosí camuffata che mi ci vuole un attimo per identificarla. È *Naima*.

Immagino la festa vista dalla strada: i volti delle persone che ascoltano la musica dal vivo, il colore caldo delle luci. Poi la strada vista dalla festa: gelida, frizzante, buia. È tutto il mese che non nevica. Pareva che questa dovesse essere la serata buona, ma no, niente neve, solo un calo della temperatura.

Il piacere di avere la casa piena di gente è superato forse solo da quello di vedere gli ultimi invitati andarsene. Mia sorella aiuta a sparecchiare e poi va a letto. Il grosso può aspettare fino al mattino. Dico a Sadako che vado a fare una passeggiata con la macchina fotografica, tornerò tra una ventina di minuti. Le avevo mostrato la mia foto diurna della siepe perché lei riconosce le piante. Non era gelsomino come credevo, ma caprifoglio. La notte è limpida, l'aria è gelida, si respira a fatica. Sono ben coperto. Preparo il treppiede prima di uscire di casa e quando arrivo alla siepe – è sempreverde, ma i fiori sono spariti da tempo – riesco a posizionarmi in fretta. È tardi, sono le due del mattino passate, e questa volta non sono nervoso, non sono preoccupato. Abituato ormai all'aria fredda, faccio respiri profondi e regolari mentre mi chino a guardare nel mirino. La siepe, decisamente indisciplinata in una strada altrimenti impeccabile, è illuminata in parte da un lampione. Il primo scatto è un'esposizione di quindici secondi che produce una fotografia troppo luminosa. Il secondo, a otto secondi, dà un risultato troppo cupo. Faccio degli esperimenti e alla fine scelgo gli undici. Sposto il treppiede di qualche metro, rimetto a fuoco e premo l'otturatore. Ma ora l'inquadratura è troppo ampia. La distanza originaria era quella giusta, ma mi pare di non includere abbastanza la casa dietro la siepe. Quelle finestre sono importanti. La minaccia della «proprietà privata», il ricordo di quella minaccia, fa parte dell'immagine che voglio. Ruoto un po' la macchina verso destra, rimetto a fuoco e premo l'otturatore. Poi, aumentando l'Iso e riducendo la velocità dell'otturatore ma mantenendo l'apertura a f/8, scatto un'ultima volta.

Le dita cominciano a intorpidirsi nonostante i guanti. Ma non ho fretta. Le foglie lucide del caprifoglio, una miriade, sono perfettamente immobili nell'aria gelida. La vastità della notte mi circonda, le foglie sono del verde piú scuro. Alzo lo sguardo. Il cielo stellato è un mare scintillante. C'è Saturno, c'è Arturo in questa notte di gennaio. Lo spettacolo del corpo di Mark là fuori al freddo, anno dopo anno, è un destino terrificante, ma solo per i vivi. Gli dèi del pantheon yoruba sono infiniti piú uno.

Quando rientro, faccio una doccia calda. Le interazioni della serata brillano nella mia mente come una nuvola di luci lontane. È bello essere di nuovo al caldo, ma quando mi infilo a letto ho un attacco di vertigini. Non mi era mai successo prima, ma lo riconosco. Lo so da come me li ha descritti mia madre. Quando ne parla, sventola la mano per mostrare come si muove la stanza. Lo so anche da quello che ho letto sui libri. Sono doppiamente disorientato: la stanza sembra inclinarsi, girare, ma mi frastorna anche la mia improvvisa fragilità, questo trovarmi a sperimentare qualcosa che ho solo sentito descrivere. Sul letto cerco di stare fermo, ma la stanza continua a muoversi. La mia testa vibra come una campana colpita dal battaglio e sono travolto da un'ondata di nausea. Descrivo tutte le mie sensazioni a Sadako. Le dico che è strano quanto siano accurate le descrizioni degli altri. La mia mente corre avanti. Forse alla radice ho un altro disturbo, forse è qualcosa che d'ora in poi si ripresenterà altre volte. Forse non è nulla, forse è qualcos'altro. Minuti di ansia. Poi le vertigini si attenuano e comincio ad appisolarmi.

Mette la mano sul mio pugno. Lo avvolge. Lascio che la mia mano si apra. Lei fa scivolare la sua fino a incrociare il polso con il mio. Sto per addormentarmi. Quando e dove sei stato piú felice? Il mio ultimo contatto da sveglio è con l'interno piatto del suo polso appoggiato sull'interno piatto del mio, come se ciascun polso cercasse il battito dell'altro. Ascolto il pulsare lieve del sangue sotto la pelle. Cerco di sentirlo nel buio immobile. Rallento il respiro e poco dopo non sento piú nulla.

Stampato per conto della Casa editrice Einaudi
presso ELCOGRAF S.p.A. - Stabilimento di Cles (Tn)
nel mese di aprile 2024

C.L. 21222

Ristampa						Anno			
0	1	2	3	4	5	2024	2025	2026	2027